3年B組
金八先生
冬空に舞う鳥

小山内美江子

高文研

◘本書に登場する３年Ｂ組生徒（上段：配役名）

桜田　友子
（小高　早紀）

加藤バーバラ
（大山　千穂）

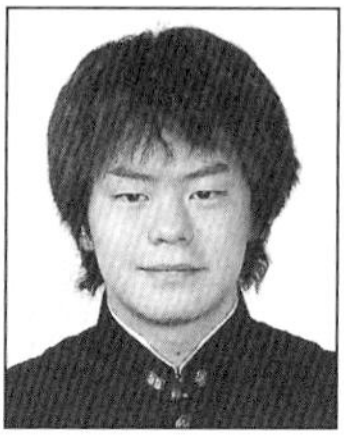

入船　力也
（西原　幸男）

坂本　幸作
（佐野　泰臣）

塩沢　好太
（森　　雄介）

兼末健次郎
（風間　俊介）

太田アスミ
（森下　加奈）

阿部カオル
（北原　史奈）

鈴木サオリ
（佐々木恵理）

小松　由佳
（高徳　美絵）

落合加奈恵
（中島由香里）

市川　雅子
（永山　まり）

関　　恵美
（木舘　雪恵）

佐伯　蘭子
（金田　美香）

小野寺良輔
（香川佑太朗）

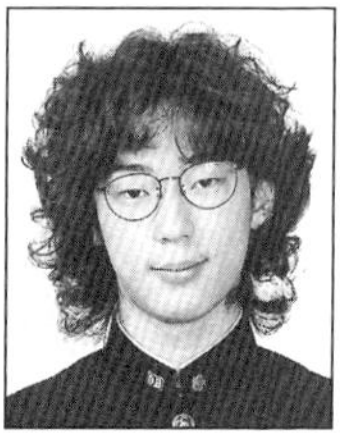

市村　　篤
（内田　祐介）

本書に登場する3年B組生徒（上段：配役名）

山岡　修三
（古川　和彦）

室岡美佳子
（浅井　美歌）

平吹有里子
（金井愛砂美）

田口　三郎
（佐々木　仁）

山田　邦平
（五十畑迅人）

茂木　照孝
（長田　雄一）

比留間和憲
（小川　一樹）

戸田　幹洋
（本橋　卓朗）

米田真規子
（倉沢　桃子）

森山　慶貴
（桑原　朋宏）

深川　明彦
（亀梨　和也）

中込　祥夫
（平野　良）

安井ちはる
（岡　あゆみ）

松岡　敏江
（清水　沙映）

日野　敬太
（片山　雅彦）

鳥は、遠い北国から飛んできた、
群れの先頭を切り、群れを引き連れて。

けれど、今、彼はひとりで
冬空を舞っている。

仲間はどこへ行ったのか。
先に飛んでいってしまったのか、
それとも、方角を変えたのか――?

仲間からはぐれた鳥が、
ひとり冬の空を舞っている。

もくじ

I　暮れゆく年

中学生とお年寄りが協力しての餅つき大会。桜中学の校庭に歓声が響き渡る。

二学期の最後の日を迎えた。明日から冬休みに入る。でも、受験生の正月は憂鬱《ゆううつ》だ。不安をかかえて家の中で一人で過ごすより、学校へ行って友だちと冗談《じょうだん》を言い合っていた方がよほどストレス発散になるだろう。どの顔を見ても、あまりうれしそうではない。

通知表が手渡される段になって、金八先生が一人ひとりの名を呼びあげていくと、その瞬間だけはさすがにお調子者の照孝《てるたか》や好太も緊張気味で席を立った。金八先生はひとことずつ励ましの言葉をかけながら、通知表を手渡した。

「なかなかがんばったけれど、一個だけ残念だった」

「えっ」

金八先生の言葉に、受験の虫、慶貴《よしたか》はさっと顔色を変えた。

「大丈夫。成績そのものは抜群なんだから、そんな顔はしない」

金八先生の余裕の笑みは慶貴の目には入らない。それぞれの中学から生え抜きの秀才ばかりが集まって競う開栄の試験では、ささいなケアレスミスが命取りになることだってある。内申《ないしん》にもっともひびく二学期の成績は確実におさえておかなければならない。席に戻った慶貴は、あわてて通知表に目を走らせた。

生徒たちはみな、この二つ折りの通知表を受け取ると、すぐに細く開いて中を見た。その姿からは心臓の鼓動《こどう》が聞こえてきそうだ。全員が通知表を受け取ると、笑《え》みを隠せない者、おおげさに嘆く者たちで教室は騒々しくなった。力也は開きっぱなしの通知表を凝視《ぎょうし》したまま凍りついていて、隣りの三郎がのぞき込んでもぴくりともしない。家に帰れば親のこごとが待っている。

そんな中で、健次郎は冷静な面持《おもも》ちでスッと通知表に目を通すとすぐに机にしまった。相対評価でつけられる成績は、トップクラスの生徒にとっては期末が終わった時点で予想できている。金八先生はそれぞれの生徒の様子をしばらくのあいだ見守ってから口を開いた。

「はい、皆さん、ご納得ですかな」

「これ、内申書《ないしんしょ》のモトだろ？　納得なんてできっこねえよ」

ヒルマンが即座《そくざ》に答える。

「普段点も入ると言ったでしょう。胸に手を当てて、自分の普段点をよーく考えてみなさい」

ヒルマンは自分の胸に手を当てておおげさに考え込むふりをすると、大きくかぶりを振った。

「やっぱ、わかんねえ」

「だから、それがおまえの普段点だ」

金八先生の言葉に、ヒルマンは叫び声をあげて、バッタリと机の上に倒れ伏す。

「ヒルマンはそんなに悲劇だったわけ？」

バーバラが少し心配そうに振り返った。

「いいや、かなりいい線をいっている。けど、落ち込む奴を見ていられないから、あのパフォーマンスはヒルマン流の思いやり情報操作だ」

金八先生がそう説明すると、サオリがヒルマンの頭をパシリとやった。

「ややこしいことすんな、アホ坊主」

「うるせえ、オトコ女！」

「セクハラ！」

外野のはやしたてる声が加わってたちまちうるさくなるところを、金八先生はパンパンと手をたたいて止めた。二学期を終えて三Bたちは金八先生に馴染《なじ》んできていたが、金八先生が毎日やらせている朝の斉唱《せいしょう》の効果はまだまだあやしかった。「発言は手をあげて」どころか、誰かの野次《やじ》を皮切りに三Bはすぐに騒ぎ出す。次の瞬間には無意味なシュプレヒコール、集団ヒステリーが教室をおおってしまう。最初は中野先生への集団暴行事件、次はつい先日、あっという間に北先生をつるしあげた一件から、金八先生は教壇に立って表面ではゆったりと構えながらも、内心は常に緊張しながら自分の言葉に生徒たちの注意をひきつけるよう気をくばっていた。

「はい、それではみんな聞いてください。冬休みの過ごし方で注意が二、三あります。春休み、夏休みと違って、冬休みはそのまん中にお正月があるから、つい御馳走《ごちそう》を食べ過ぎたり、夜ふかししたりする。体調にはじゅうぶん気をつけるように。新しい年には高校入試が待っていることを肝《きも》に銘《めい》じましょう」

やっと落ち着いて話しはじめたと思うと、今度は幹洋《みきひろ》の叫び声が金八先生をさえぎる。

「ああ、もう！」

つづいて照孝が頭をかきむしり、あちこちから大きなため息や不服そうなうめき声があがるが、金八先生は先をつづけた。

「それから、お正月にはどんなのでもいいからお年玉で本を一冊買いましょう。ただしマンガはだめ」

「デラ！　デラ！　それに書いちゃだめだ！」

見ると、ただ一人かけらほどの緊張感もなく通知表を受け取ったデラが、その1と2ばかりの通知表の上にごきげんないつもの落書きをしようとしている。右側の幹洋《みきひろ》と左側の明彦がきわどく、通知表と鉛筆をデラの手からとりあげた。

「先生、セーフだ」

振り返りざま、幹洋が報告すると、金八先生は微笑して答えた。

「ありがとよ、幹洋、明彦。よかったね、デラ」

「うん」

デラは止められた意味がわかったのかどうか、ともかくはにこにこしている。教師に礼を言われた経験などほとんど記憶にない幹洋は、うれしさに頰《ほお》を紅潮させた。いつもふてくされたようなポーズをとっている明彦も、まんざらでもなさそうだ。そんな二人の様子を後ろの席から、健次郎がいらだった目つきで見ている。

金八先生は再び中断された話に戻り、冬休みの注意や連絡事項を伝えた。

「慶貴は開栄塾の受験ゼミでホテルに缶詰めだってさ」

由佳《ゆか》の言葉に、金八先生は思わず、その筋金入りの受験生を見やった。

「それはご苦労な話だ」

「そうです、僕が苦労するんだから構《かま》わないでください」

慶貴は同情をふりはらうように、金八先生の目を鋭く見返した。同じ塾の合宿で新年を迎えるのは、健次郎も修三も一緒だったが、高額の授業料を払っての泊りがけの講習は、たいていの生徒たちには別世界の話だ。

桜中学は二週間の休みに入るが、同居のケアセンターの休みは大晦日《おおみそか》から正月にかけての三日間だけである。それを聞いて、敏江《としえ》は素直に驚いている。

「たった三日じゃ、センターの人って大変だね」

「そうだねえ。でも体の不自由さに休みはないでしょう。いつもギャアギャアとうるさい中学生たちの声が明日からピタリと聞こえなくなると、皆さんきっとさびしいと思います。だから交替で、ときどき顔を見せてくれませんか」

金八先生がそう頼むと、有里子《ゆりこ》がにっこりして繰り返した。

「ときどきね、交替で」

「それでいいよ。二十八日にはご町内の人たちで餅《もち》つきをするから、それでまたにぎやかになるし」

「二十八日なら、オレ来る！」

餅つきと聞いて、そもそも受験勉強にはあまり興味のない敬太がはしゃいだ声をあげた。

「そうか、先生も来るから一緒に餅をつこう」

金八先生が答えると、敬太はもう目を輝かせて元気よくうなずき、ジロリとにらむ健次郎の視線に気づきもせずに、遠くの席の幹洋を誘う。

「幹洋、おまえも来いよ」

「おう！」

幹洋の声もうれしそうにはずんでいる。明彦が気にして、チラと健次郎を振り返った。教室の誰もが餅つき大会の話に気をとられているなか、健次郎は凄い目つきで、敬太をやれ、と明彦に合図を送った。健次郎の視線に明彦は息苦しくなって、思わず向き直ったが、その後はもうとても担任の話に耳を傾ける気にはならない。

「みんな、行こうね、行こうね」

明彦の隣りでは、明日からもセンターには欠かさず顔を出すであろうデラが立ち上がり、無邪気《むじゃき》な声をあげている。

学校が終わると、金八先生は通知表を手に、まっすぐ市村家《いちむら》に向かった。篤《あつし》がひとり家にいて、玄関に金八先生を出迎え、差し出された通知表を受け取ると頭を下げた。

「どうだい、自宅学習は順調かな」

「はい」

「出席の方は几帳面《きちようめん》に毎日レポートを送ってくれたから、まあまあだ」

「ありがとうございました」

篤が不登校になって学校のパソコンに送ってきたEメールのレポートは、相当な量になっていた。自分を脅《おど》し、ほかのクラスメートをも追いつめているに違いない犯人をあげるまでは、学校へは行かない、と篤は金八先生に宣言していた。

篤は一学期の水泳の時間、無人の教室で有里子《ゆりこ》のブラジャーを手にしたのを健次郎に見つかって以来、そのことを言いふらすと脅されて、健次郎の奴隷《どれい》となった。あげくに、知らないうちに担任の中野先生を自殺未遂《みすい》に追い込む片棒《かたぼう》をかつがされたのだった。それを知った時のパニック状態からは脱したものの、おとなしく、きまじめで、女の子に免疫《めんえき》のない篤は、下着泥棒だと言いふらされる屈辱《くつじよく》を思うと、学校へ向かうはずの足もすくんでしまうのだ。

金八先生には、篤を脅しているのが健次郎であることはわかっていたが、健次郎はいい子の仮面をかぶったまま、心を開こうとはしない。この利発《りはつ》そうな顔をした少年の孤独を本能的に感じ取りながらも、金八先生には二学期が終わるまでうまい解決策が見つからなかった。健次郎のかけた網は複雑に教室をおおっているらしい。へたに手をつけると、問題をますます陰湿《いんしつ》な方向へ追いやらないともかぎらない。金八先生は、何も知らないふりをして、篤にも健次郎にも接しながら、間接的な言葉でアドバイスを送ってきた。

「市村」

金八先生は、包み込むような声で、まっすぐに篤の目を見て言った。

「冬休みを思いっきりリラックスしたら、三学期には学校へ来ることを先生は期待している」

金八先生が、こうはっきりと告《つ》げたのは今日がはじめてだ。篤が不安そうな上目《うわめ》づかいでそっと担任を見る。

「不登校の生徒には、あまり出て来い出て来いと言わない方がいいと言われているが、新学期を迎えたらあわただしく入試があって、すぐにみんなとお別れだ。できれば短い三学期を、三Bの一人として送ってほしいな」

母親と、そして昼休みに顔を見せてくれる小田切先生のほかには話し相手もなく、仲間に飢《う》えている篤が、そうしたくないはずはなかった。自分自身の中に、不登校を続けることの罪の意識も強く感じている。しかしあの一件が、篤の心を呪縛《じゅばく》して放さない。うつむいた篤を、少しのあいだ見ていた金八先生が、穏《おだ》やかな声でさらりと言った。

「ブラジャーくらいで脅《おど》かされることはないんだぞ、篤」

驚いた篤は、思わず金八先生の顔を見た。まっすぐにこちらに向けられているその目は、あたたかく微笑《ほほえ》んでいる。

「ま、有里子《ゆりこ》のブラジャーがなんで健次郎の手に渡ったのか、およその見当はつくけれど、お年ごろじゃないか、え、オイ」

どこから秘密が漏《も》れたのだろうか。狼狽《ろうばい》した篤は、何か言いわけしなければと思うが、口をぱくぱくさせるばかりで言葉が出てこない。金八先生はくだけた調子で続けた。

「だれも、君が下着泥棒だなんて思っちゃいないよ、心配するな」

「……僕は」

羞恥《しゅうち》と安堵《あんど》に泣き出しそうにゆがんだ少年の顔を、金八先生はいとおしく眺《なが》め、そっとその肩をたたいた。

「先生にだって、お年ごろがあったんだよ。洋品店のブラジャーを見ただけで、もうカーッと頭に血がのぼっちゃった。篤はひとりっ子だから、おっ母さんのしか見たことないだろうし、おっ母さんのと有里子のとじゃ、当然コーフンの度合いもちがうよな」

見事に言い当てられ、篤はドギマギして目を伏せた。

「うちじゃ、幸作なんかお姉ちゃんの洗濯物も取り込んでるから、すっかり馴《な》れっ子になって可哀《かわい》そうな気もするけれど、やっぱ同級生のものならズーンと来るって言ってた」

「でも」

「いや、それで正常なんだよ、思春期まっさかり、健全に成育しているという証拠なんだからね」

「はい……」

長いあいだ自分を苦しめてきた秘密からやっと解放されて、篤は急に体の力が抜けていくような感じがした。他人に知られたら絶体絶命だと思っていたその秘密は、金八先生の口から何でもないことのようにあっけらかんと語られた。これまで篤は、金八先生の心配を痛いほど感じていながら、この秘密と不登校の罪悪感《ざいあくかん》が、担任と自分の間の越えられない壁となっていた。だが今、その壁はあっけなく崩れてゆく。金八先生がつづけた。

「ただし、それとセクハラとは意味がちがう。そのくらいは篤だってわかってるんだから、ケロリと登校すればいい。ムラムラッとくるのとたたかうのが、その昔から男の子の宿命《しゅくめい》だよ。先生なんかさ、中学生の時に……」

そう秘密っぽく声をひそめた時、突然玄関の扉が開いて買物包みを抱いた母親の友恵が現われ、金八先生はギョッとして飛び上がった。

「あ、こんにちは。実は、その、篤くんの通知表を届けに来まして」

あわてしどろもどろに説明する金八先生に、友恵は深ぶかと頭を下げた。

「お手数かけます。玄関先でなんですか、篤は。先生、どうぞお上がりになって」

「いえ、今日はこのあと会議もあります、私はこれで」

「そうですか」

「じゃあ、いいな、篤。君は正常だよ。思春期まっさかり、順調なる成長だ、うん、じゃあ失礼します」

もう一度、篤の目を見てそう言うと、金八先生はそそくさと退散した。玄関に出て見送る篤の顔に、久しぶりの笑みがふっと湧《わ》く。

それにしても、友恵の帰宅で中断されなかったら、金八先生は篤に何を話そうとしたのだろう。それはたぶん、篤にもし何でも話せる〝親友〟がいたら、その〝親友〟と話し合うようなものだったはずだ。ともあれ篤は、自分の弱みを笑って話す人間に初めて出会い、その人の少しくたびれた後ろ姿を感謝と憧《あこが》れいっぱいの瞳《ひとみ》で見送った。

「君は正常だよ」

耳に残る金八先生の言葉は、追いつめられていた篤の世界を塗《ぬ》り替えた。心地《ここち》よい解放感で、篤の体は軽い。にこにこと嬉《うれ》しそうな篤の顔を、友恵はけげんそうに見やり、つられてなんとなくほほえんだ。

一方、篤を不登校にまで追いつめた健次郎にとっては、もはや両親の愛情は信じられないものになっていた。男の子には珍しい子どもピアノ教室の同期でもある篤と健次郎は、エリート企業戦士の父と教育熱心な母親、裕福《ゆうふく》な経済事情という点で似かよった家庭環境に育った。忙しい父親はどちらも昔から留守がちだったが、今の健次郎の父は仕事のためだけに家を空《あ》けているとは思えない。家を捨てたのだ——としか健次郎には考えられなかった。自分や母親は父に捨てられたのだ、と。

健次郎は小さい頃から活発で、勉強にもスポーツにも優秀な成績をおさめてきたが、このかいわいきっての秀才と評判だった兄の陰になって、どんなに頑張ってもあまり誉《ほ》められたことがない。それでも、健次郎は親から注目されたくて、ひと言の誉《ほ》め言葉を求めてよい子であろうとつとめたが、次々と新しい難関を突破する長男にその関心のすべてを注《そそ》ぎ込んでいる両親にしてみれば、次男の優秀な成績など特別なものには映《うつ》らなかったのである。

両親はどこへ行っても、長男を自慢した。母親の麻美は、勉強に励む雄一郎に忠実な下僕《げぼく》のごとく寄り添っていた。幼い健次郎がはしゃいで声をあげたり、家に友だちを連れてきたりすると、お兄ちゃんの邪魔になるからと母親に、やんわりとだがウムを言わせぬ口調《くちょう》でとがめられたものだ。兄の雄一郎にとって、弟の存在は無に等しかった。ただ、明るくてしっかり者の姉の裕美《ひろみ》だけが、末の弟の気持ちに気をかけ、よく一緒に喜んでくれた。両親は健次郎に、ただ兄の雄一郎を見習い、兄の後に続くようにとだけ言った。そして、少し寂しくはあっても、健次郎にとってもやはり雄一郎は自慢の兄だったのだ。

しかしその兄は、今や怪物と化して、二階を占拠《せんきょ》している。世間では、引きこもりというらしい。地元の桜中学の星だった雄一郎は、難関の開栄を軽がると突破し、高校の三年間も休まず勉強してみごと現役で東大に合格した。だが皮肉なことに、ゴールはすなわち〝秀才〟から〝ただの人〟への転落だった。秀才ばかりが集まったキャンパスでは、これまで期待と羨望《せんぼう》を一身にあびてきた雄一郎も、平凡な学生の一人にすぎなかった。

幼いころから、ただひたすら勉強だけしかやってこなかった雄一郎は、居心地《いごこち》の悪い大学の中で何をすべきか途方《とほう》に暮れる。人づきあいが苦手で、自尊心だけが強い雄一郎には、友人もできない。こんなはずではなかったと思うけれど、では、自分が何をやりたいのか考えてもわからない。五月を過ぎるころから、雄一郎は自分の部屋に引きこもるようになった。閉じこもっていると、鬱屈《うっくつ》した感情はますます増幅され、内攻する。やり場のない怒りと苛立《いらだ》ちにまみれ、雄一郎は母親に当たり、閉め切った二階の自室でのたうちまわり、もう二年が過ぎようとしていた。


その日も、父親の栄三郎は夜十一時を過ぎて帰宅した。三日前に長期の出張から帰ったが、帰りは連日遅い。栄三郎が部屋着に着替えて居間に入ってくると、麻美はテーブルの上にお茶を出して言った。

「明日は御用納《おさ》めでお帰りは早いのでしょう」

「と言っても、まあまあじゃないかな」

麻美の視線を避けるように夕刊をひろげる栄三郎を逃がすまいと、麻美はそばに立った。

「早く帰って来ていただきたいの。健次郎も受験の合宿でホテルへ行くし、私一人になりますでしょ。お正月休みぐらい家にいて、雄一郎といっしょに過ごしてやってほしいの」

「しかし、夜昼が逆《さか》さまだろ、何を話していいのかさっぱりわからんよ」

栄三郎は顔をしかめて、麻美の顔を見ないまま答える。その話題は、できれば避けたかった。しかし昼のあいだ一人で考え続けていた麻美も必死で、栄三郎のそばにぴたりとつき、うんと言わせるまでは離れそうにない。階段を降りかけてきた健次郎は、珍しく両親が話をしているのを聞きつけると、階段の途中で足を止め、聞き耳をたてた。母親はその気配《けはい》にも気づかないらしい。

「私は……私にもお休みをいただきたいのよ」

「休みを？」

意外な言葉に栄三郎は思わず顔を上げた。

「健次郎だけが私の相談相手なんです。あの子の留守の間、私一人で息を殺しているなんてもうムリよ」

麻美の声がふるえている。栄三郎はなだめるように、妻に向き直るが、言葉が見つからずしどろもどろになるばかりだ。

「だから、それは……」

「雄一郎はあなたのご自慢の子だったじゃありませんか」

麻美の声がヒステリックにかん高くなると、栄三郎も声を荒げた。

「それは、きみの方だろ。私はきみの言う通り、雄一郎には出来るだけのことをしてきただけだ」

「でも、いつだってお留守だわ。私はあなたの分まで一所懸命やってきたのに」

身じまいは小ぎれいにしているが、以前と比べるとすっかりやつれた麻美の恨みがましい言葉に、栄三郎はガタンと椅子《いす》を蹴って立ち上がった。

「じゃあ、どうしたらよかったんだ？　父親として毅然《きぜん》とした態度を取れと言われて、私はあいつに死ぬほど殴り倒され、裕美《ひろみ》と健次郎が止めに入らなかったら、私はあのとき金属バットで頭を割られていた……」

生々しい悪夢を語る栄三郎の声は裏返り、麻美は悲鳴をあげた。

「その話は、もうやめて！」

あのときも麻美は悲鳴をあげ、手で口をおおったまま立ちすくんでいた。大学生になった雄一郎の狂ったような殴打《おうだ》に、栄三郎の体はふっとんだ。雄一郎がわけのわからないわめき声をあげながら持ち出してきたバットを振りかぶったとき、裕美《ひろみ》は思わず父親の体の上に身を投げ出し、中学に入ったばかりの健次郎も必死で兄にタックルした。そのタイミングが少し遅ければ、確かに栄三郎はここにいなかっただろう。雄一郎は、姉の上にはさすがにバットを振り下ろさなかった。小さい頃からおとなしかった雄一郎の豹変《ひょうへん》に、栄三郎と麻美は驚愕《きょうがく》し、脅《おび》えた。一度殴り殺される恐怖を味わった栄三郎は、もはや雄一郎と話をする気になれず、息子を避けた。雄一郎の方も父親を避けているらしく、その後は同じ家にいながら父親と顔をあわせることすらなかった。

「私たちは、初めに失敗したんだよ。世間体《せけんてい》を気にしてアメリカへ留学したとか何とか、おかげで雄一郎は幽霊さ。この家にいるのにいないことに……」

栄三郎は肩を落とし、もうしばらく会っていない息子への同情をつぶやいた。まるで別人になってしまった息子に背を向けたことに対して罪の意識を抱きながら、栄三郎は救いの手を差し伸《の》べてやれる自信はなかった。一方、栄三郎が父親の座を自ら降りてしまってからも、毎日、雄一郎の動向に気をかけ、面倒《めんどう》を見ている麻美は、二年間が過ぎてもなかなか事態を客観視できない。雄一郎の将来を考えるよりも、自分たちが世間に対してついた嘘《うそ》、体面を保《たも》っていくだけで精いっぱいなのだ。雄一郎が閉め切った自室の暗闇《くらやみ》のなかでジャンクフードを貪《むさぼ》り食い、風呂にも入らず、けもの以下の生活をしていることに、いつしか麻美の神経は麻痺《まひ》していた。それよりも、雄一郎が暴れて物音をたてたり、外を歩いたりすると、嘘がばれやしないかと、気が気でなかった。

「でもあの子、近頃《ちかごろ》、夜中になると出歩いて」

「仕方ないだろ、ここまで来たら、われわれが世間の笑いものになるまで待つしかない」

にべもない言葉に、麻美はとがめるように夫を見た。雄一郎の暴力の下にも身をかがめ、神経をすりへらしながら暮らしてきた時間を思うと、何がなんでも体面だけは守り通さねばならない、と麻美は思う。

「奴は二階の部屋を占領して、しかも鎖国《さこく》している。けど若いんだ。外を出歩くのは回復のきざしだと安井先生はおっしゃっていただろう。事件さえ起こさなければ、それでいい」

「でも、もし事件でも起こしたら」

毎夜、ジョギングに出る雄一郎が玄関の戸を乱暴にたたきつける音を聞くたびに、麻美は生きた心地《ここち》がしなかった。

「会社もきびしいんだ、このうえ私がみじめな思いをするようなら、そのときはこの家も家庭崩壊だ！」

「私を脅《おど》かすようなこと、言わないで！」

対話を打ち切る栄三郎に、麻美は涙声で訴えた。出口はないらしい。

階段で聞いていた健次郎は、足音をしのばせて、そのまま後ろ向きに二階へ戻っていった。すると不意に雄一郎の部屋のドアが開き、健次郎はとっさに壁ぎわにはりついた。荒い息づかいの雄一郎は足音をひびかせながら、階段を降りていく。健次郎の背中をかすめて横を通りぬけるとき、異臭が鼻をついた。

荒々しい足音が近づいてくると、栄三郎と麻美はハッとして部屋の扉の方を振り返った。が、足音はあっという間に走り抜け、次の瞬間、ダーンと重い玄関の扉が閉まる音が聞こえた。栄三郎と麻美は凝然《ぎょうぜん》と居間に立ちつくし、階段を上りきったところでは、健次郎ががっくりと座り込んでいた。

大森巡査の巡回地区では今夜も、パーカーの襟《えり》をたててフードをすっぽりかぶった半覆面《ふくめん》の大男「怪人二十面相」が、暗がりを求めるように小路《こうじ》から小路へと走りぬけて行った。

冬の夜は町が静まるのも早い。ひっそりと闇《やみ》につつまれた桜中学の教室のひとつから、今晩は校庭に灯りがひとつ漏《も》れてきている。センターが閉まる三日間を含む冬休みのお年寄りの世話について、地域で話し合いが持たれているのだ。

「どうも遅くなりましたァ」

用をすませた金八先生が飛び込んでくると、話し合いはなごやかに進んでいるようだった。集まっている顔ぶれは学校側が教頭の国井先生、養護の本田先生と花子先生、センター側からは田中主任と事務長の小椋《おぐら》、地域教育協議会のメンバーから服部先生、やはり以前桜中学で教師をしていた池内先生、幼い太郎を連れたスーパーさくらの明子、利行夫婦、駒井町会長、菅ＰＴＡ会長、それに三Ｂの力也の母のクニ子や明彦の母の雪江の姿が見える。

「ああ、ご苦労さん。今ね、センター要員の交替制についてやっていたところで、まず、センターが閉まっている年末年始の宅配給食は明子が仕切ることになってサ」

服部先生が遅刻の金八先生に説明すると、町内の肝《きも》っ玉《たま》母さんを自任する明子が胸を張ってこたえる。

「まかしといてください。町内会とＰＴＡのボランティアさんとおせちを作ることになっているし、配達の方はなんとお父さん方がマイカーで応援してくれちゃうから」

「私も手伝うわよ」

池内先生が明子の横でにこにこしている。

「あ、大晦日《おおみそか》の夕食は年越しそばでいいでしょう？　卒業生のそば屋さんがこっちを受け持ってくれると言ってます」

国井先生が報告すると、小椋が立ち上がってていねいに頭を下げた。

「いろいろとありがとうございます」

「遠慮はいりませんよ、みんなのお年寄りのことだし、みんなでやらなきゃ疲れちゃう」

ＰＴＡ会長の管がくだけた調子で言うと、皆が口ぐちに協力を約束する。

「まあね、今年はどこも不景気だから、遠くに遊びに行く人もいないだろうし」

そう言ったクニ子の家の入船《いりふね》工業は、不景気の波をもろにかぶって、今年はとても正月という気分にはなれないようだ。

「私んところはこっちのスケジュールに合わせたんだけど」

明彦の母の雪江も協力を約束する。回転寿司やらチェーン店に押され気味《ぎみ》で将来を嘆く寿司トメにも、正月はない。この時期に限っては明彦の手伝いも家で頼りにされていた。

センター長の田中はあらためて頭を下げた。

「どうも申しわけありません。センターもスタッフが休日返上と言ってくれたんですが、いろいろ応援していただいて本当に恐縮しています」

「生徒たちの方も、どれだけお役に立てるか分かりませんが、有志の子たちがお邪魔するはずです」

金八先生は、餅つき大会に来るとはりきっていた、クニ子にそっくりな力也の顔を思い出した。

「それそれ、それが一番。ま、なんとか切り抜けましょうや」

町会長の駒井の言葉に場がなごむ。

「ま、これは二十一世紀へ向けての一つのテストケースですね、教育と介護は地方分権の時代に入っていくわけですから」

服部先生の言葉に、国井先生も大きくうなずいた。

「その通りです。いずれ私たちの問題ですしね」

「それでは皆さん、どちらも暮れで忙しいところですが、ひとつご協力を」

駒井がぐるりと一同の顔を見ながら、確認する。生徒と同様、餅つき大会を楽しみにしている花子先生が、華やいだ声をあげた。

「どうせやるなら、ワイワイとやりましょ」

「花子先生もお祭り好きだから」

花子先生のはじける笑顔に目尻《めじり》を下げる利行を、明子が強くつついた。

「余計な口はさむなよ」

「おお、こえぇ、な、太郎」

「すっかりお尻に敷かれてるわね」

おおげさに首をすくめる利行を池内先生がからかうと、一同は笑いに包まれた。


二十八日、餅つき大会の日になると、朝から予想をこえてぞくぞくと三Bたちが集まってきた。二つある臼《うす》の周りを男子生徒と車椅子《いす》のお年寄りが取り囲んで、校庭に久しぶりに歓声があがっている。杵《きね》を力いっぱい振り上げているのは、遠藤先生と介護士の高橋だ。餅の返し手に、それぞれ国井先生とセンター給食主任のトキ江がついている。

「それつけ」

「もっと、つけ」

好太と敬太が、ねじり鉢巻きにタスキがけの遠藤先生に掛け声をかけると、ヒルマン、祥夫《よしお》、幹洋《みきひろ》たちも負けじとはやしたてる。

「ヤーレン、ソーラン、ハイハイッ」

文化祭のときの感動が思い出され、ソーラン節を指導した遠藤先生の手にもつい力がこもる。

「けしかけないでよ！　遠藤先生の手もとが狂ったら私の手がつぶされるんだからぁ」

おそるおそる餅を返しながら、国井先生が悲鳴をあげる。

「大丈夫、大丈夫、遠藤先生、運動神経はバツグン」

ヒルマンが手拍子《てびょうし》を休めずに答える。遠藤先生は真っ赤な顔で無言でニッと笑ったとたん、ガーンと臼の縁《ふち》をたたいた。

「ほら、言ってるそばから」

国井先生の叫び声を聞いて、小椋《おぐら》がすっと横にやって来た。

「国井先生、代わります」

国井先生がほっとして場所をゆずると、すかさず好太が一歩踏み出した。

「じゃあ、つく方は、オレ代わりたーい！」

敬太たちも、われもわれもと騒ぎはじめる。

「うるさーい、お前らには任せられなーい」

遠藤先生は子どものように杵を握りしめたが、そばでうずうずしながら眺めていたライダー小田切《おだぎり》がさっと、杵に手をかけた。

「では、僕が」

と、トレーナー姿の小田切先生が手にツバをつける。声援とともに小田切先生が餅をつきはじめると、給食調理室の裏手がにわかに賑《にぎ》やかになった。

「行くよ、行きますよ、つけたやつはあげてくださーい」

「よっしゃ」

金八先生の声が聞こえると、高橋はなめらかにつけた餅をのし台へあげた。道案内に走る金八先生について、蒸《む》しあがった米のせいろをがに股で運んでくるのは力也だ。そのまわりを男子の一団が取り囲んでいる。

「あ、ちちち」

顔をしかめて走る力也を金八先生は、振り返りながらけんめいに励ます。

「熱くても落とすな、ふんばれえっ」

「おう」

「こけるなよ、こら、道あけろー」

必死で走ってくる力也たちをほほえましく眺《なが》めていた大西元校長も、臼《うす》の周りの生徒たちに声をかけて道をつくらせる。

「ほーら、来た、来た」

「ようし、一気に臼にあける！」

「おう」

力也が臼の上にせいろをかたむけると、湯気がぱぁっとたちのぼり、デラは奇声をあげながら跳《は》ねまわった。高橋の使っていた杵《きね》をすばやく取った幸作を、敬太が見とがめてからむ。

「なんだよ、おまえ、C組だろ」

「うっせえな、シロウトは手え出すな」

幸作は敬太を無視して、慣れた手つきで臼の飯をすばやく杵でこねていく。なつかしさを誘う匂いに、洋造が車椅子《いす》からいつになくはずんだ声をかけた。

「おっ、腰が決まっているじゃないか」

「ヘッへ、昔は、父ちゃんが生徒と一緒についていたんだ、こちとら年季《ねんき》が入ってんだよ」

「よっ、その調子だ」

大西先生からも声援がとぶ。

「生意気いうんじゃないよ」

「そうだ、そうだ！」

自慢げな幸作を金八先生がたしなめると、杵を持ちたくて仕方のない三Bたちは不平に声を合わせる。

「ううん、カッコイイよ、幸作くん」

ちはるの澄んだ声を背中に受けると、野次《やじ》にも負けず杵を振り上げていた幸作の体は、途端《とたん》にだらしなくグニャリとなった。やがて、三Bたちが交替で餅をつきはじめ、臼の周りはますます盛り上がっていった。調理室へ戻るのも忘れ、ちはるは幸作の隣りで声援を送っていたが、校門に人影を認めると、はたとその場に釘づけになった。うれしそうに輝くちはるの瞳《ひとみ》の視線の先には、健次郎と修三、慶貴《よしたか》の受験合宿組が立っていた。敬太や幹洋の顔がさっと曇《くも》る。楽しそうに金八先生と餅つきをしているところを見られれば、後で健次郎になんと言われるか。

健次郎と修三が走り寄ってくると、敬太たちはなんとなく皆の陰に退いた。わっと友だちに囲まれた修三はいかにも心ひかれるらしく、臼やせいろを眺めている。ひとり校門の脇に立った慶貴は会釈《えしゃく》ひとつよこさない。健次郎が殊勝《しゅしょう》な様子で先生方やお年寄りにあいさつすると、健次郎びいきの国井先生などは目を細めている。思わぬ顔ぶれが見られたので、金八先生もうれしそうだ。

「今から合宿ゼミか。大変だなぁ、体に気をつけろよ」

参考書や着替えのつまっているらしい健次郎たちの大きな荷物を見て、金八先生が言った。

「はい。でも、僕がちょっと忘れ物をしちゃったので寄り道してもらったんです」

健次郎の説明に、校門の方を見やると遠目《とおめ》にも慶貴がいらだっているらしいのがわかった。

「ごめんな、ちょっと待ってて」

健次郎は走って建物の中へ消えた。その後をちはるがそっと追う。健次郎はすぐに調理室の花子先生を見つけ、皆から離れたところに呼び出した。緊張した表情の健次郎に、花子先生は励ますようにほほえみかける。

「先生、元旦《がんたん》に先生のお宅へ伺《うかが》ってもいいですか。あの、一緒に初詣《はつもう》でに行けたらと思って……」

用意してきたセリフをやっとのことで口に出すと、花子先生は笑ってあっけないほど簡単に承諾《しょうだく》した。

「いいわね。でも、あんまりいっぱい連れてきたら、先生ンちに入りきれないかも。狭いんだから」

花子先生は健次郎が友だちの代表として来たと勝手に勘違いしているらしい。健次郎はあえて訂正しなかった。

「ありがとうございます。それじゃ、先生、よいお年を！」

「うん。兼末《かねすえ》君もがんばってね」

調理室を後にすると、健次郎は大きく三つジャンプして校庭へ走り出た。その様子を階段の陰から、ちはるが青ざめた顔で眺めているのに気づきもしない。上機嫌で戻ってきた健次郎は、皆にあいさつすると、修三、慶貴とともに桜中学を後にした。

「やりたかったなあ、餅つき大会」

修三が心残りな様子で後ろを振り返ると、慶貴が硬い声で吐き捨てた。

「やればよかったじゃないか、こっちはライバルが一人落ちて助かるぜ」

「ガキみたいなこと言うんじゃねえよ、ホテルへ缶詰めになったって、落ちる時は落ちるんだ」

そんな健次郎の冷静な態度は、よけいに慶貴のいらだちをあおった。

「そんなの不条理だ!、楽しみを全部犠牲にしてンのに割が合わないじゃないか」

「文句なら開栄の試験官に言え。ブーブーうるさいんだよ、お前は」

兼末家の苦しい嘘《うそ》の上にやっとバランスをとりながら毎日を過ごしている健次郎の前にも、同じく受験はある。常に自分のことしか頭にないらしい慶貴の態度は、健次郎の心を逆なでし、受験仲間としてすら共感はわかなかった。向こうからやってきた軽トラックが、キャリーバッグをひきずりながら道にひろがって歩いている三人にクラクションを鳴らした。

「うっせえな!」

慶貴が怒鳴る横で、修三は目を丸くして助手席を見つめた。髪をきりりとまとめ、半纏《はんてん》姿の友子が乗っていたのである。

校庭に入って来た軽トラックがとまり、若い衆を従えた友子が降りてくると、餅をついていた三B一同はどよめいた。絞《しぼ》り上げた鉢巻きを頭頂部にのせ、紺のパッチに黒の足袋《たび》というイナセな姿の友子は、いつも教室で見るのとは別人のように大人びて見える。

「父の代理で参りました友子でございます。本年最後のしめ飾りをつけに参りました。どうぞよろしくお願いします」

そろいの半纏《はんてん》の鳶《とび》職人たちの先頭に立って、友子が堂々とあいさつする。金八先生やお年寄りたちもにこにことあいさつを返すが、クラスメートはあんぐりと口をあけたままだ。

唯一《ゆいいつ》、幸作が脇から叫んだ。

「カッコイイよ、友子、惚《ほ》れぼれしちまう、イテッ」

少しは妬《や》けるのか、隣りのちはるが幸作の足をぎゅっと踏んだのだ。友子はにこりともせず、テキパキと仕事に取りかかった。センターの入口にしめ飾りをつけ、鏡もちを供えるのだ。口数少ない友子の的確な指示に従って、職人たちがきびきびと動いていく。その様子を野次馬《やじうま》の三Bたちが大きく取り囲んでいるが、女子も男子も声をかけにくいらしく、ただあっけに取られて友子の働きぶりを眺めるばかりだ。

「やあ、これでセンターにもお正月が来るという感じですねえ」

センター長の田中がうれしそうに見上げて言うと、やはり見に来た国井先生や金八先生も和《なご》やかな雰囲気で雑談をしている。

「こういうの、縁起《えんぎ》もんだから午前中にやっちゃうのよね」

「ええ、明日は二十九日で苦がつくからいけなくて、大晦日《おおみそか》だと一夜飾りでダメだとか、言いますよね」

「二十八の今日は末広がりで縁起良し」

仕事を終えた友子は振り向いてこう言うと、再び改まってあいさつをした。

「本年はいろいろとお世話になりました。年あらたまりましても、どうぞごひいきに。よろしくお願い申し上げます」

「これはこれは、ご丁寧にどうも」

しっかりした教え子の姿に感心しながら、金八先生も丁寧に礼を返した。

「行くよ！」

若い衆に声をかけると、友子はサッと踵《きびす》をかえし、幸作やちはるには見向きもせずに出ていく。

「ご苦労さん」

本田先生のねぎらいの言葉に、友子は無言の会釈《えしゃく》で応《こた》えた。すっきりと大人びてはいるが、どこか突っ張っている感じだ。友子の放つオーラがクラスメートとの間に壁をつくっているらしく、結局三Bたちは終始友子とは言葉を交わさなかった。センターの窓からはデラの祖母のエイとサヨが、赤ん坊の頃から知っている友子の姿を見送りながら話している。

「桜田の友ちゃん、あれで家を継《つ》ぐ気になったのかねえ」

「なんたって一人娘だもン、親は婿《むこ》とって組を継がせたいと言ってたからねえ」

一方、餅つきが終わって、餅をまるめる作業を手伝いにセンターに全員集合した三Bたちも、帰っていったばかりの友子の話題で持ちきりである。

「すげえよな、三Bからヤクザの姐《あね》さんが出るなんてよ」

ヒルマンがおおげさに感心してみせると、周りの生徒たちも口ぐちに賛同しているようだ。そばに来た金八先生が、ピシリと注意した。

「こら、鳶《とび》職とヤクザとはちがうんだぞ」

「なんで？」

きょとんとするヒルマンを見て、大西先生は呆《あき》れてため息をついた。

「君たちはそのくらいもわからんのか」

「だってさ、あんな格好しててんじゃん」

ヒルマンが口をとがらす。まだ伝統文化の残る下町に住んではいても、彼らにとっての文化はすでにテレビを経由《けいゆ》してしか入らないらしい。

「あのね、鳶というのは、江戸の昔から市民の生活を支えてきた選ばれた職業なの。お前たちがそんな勘違いをしているから、友子はいつも住む世界が違うんだって態度を取ってたのさ」

「ふーん、そっか」

金八先生の言葉に、生徒たちはわかったようなわからないような顔で相づちを打った。

そういう間にも、ケアセンターの大きなテーブルの上では花子や明子の指揮で、のし餅やからみ餅、きな粉《こ》餅などがどんどん出来上がっていた。

「わぁ、くっついちゃったぁ」

「粉《こな》を敷くと言ったでしょ、粉を！」

「でも、ベトベトォ」

女子たちが子どもの粘土遊びのように不器用に餅をまるめながら、はしゃいでいる。

「ほら、こうやるんだよ」

車椅子《いす》に座ったまま、サヨが手にとった餅をくるっと魔法のようにまるめてみせると、蘭子が感嘆の声をあげた。

「おばあちゃん、上手《じょうず》ぅ！」

後から合流した好太たちは、待ちきれない様子であちらこちらの作業をのぞき込みながら、手伝っているのか邪魔しているのかわからない具合だ。

「親亀こけたらみなこけるぅ」

不器用に鏡餅を作って笑いこける好太たちを、恵美が叱りつける。

「ふざけんじゃないの！」

すっとつまみ食いの手が伸びてきて、デラにピシリとたたかれた。

「ダメッ。お餅はみんなでそろって食べるの」

「けどさ、つきたてのこの匂いは、もうたまんねえよぉ、ね、大西さん」

たたかれた手をさすりながら、そう言いわけしたのは白髪《しらが》頭の洋造だ。

「そのようですな」

大西先生は目を細めてお茶をすすっている。そうこうするうちに、早くから腕まくりで大根おろしに精を出していたサオリが叫んだ。

「はい、からみ餅、あがりましたぁ」

「きな粉《こ》餅もあがったーっ」

隣りのテーブルからバーバラが叫ぶ。それを合図に一同はワッとテーブルの周りに押し寄せた。キャーッと女子たちのかん高い歓声。小椋《おぐら》が手をメガホン代わりにして叫ぶ。

「お年寄りが先ですよ。お皿に取ってください」

「ハーイ」

カオルや敏江が元気よく返事をして皿に取り分ける。

「お餅はなるべく小さくちぎったのをね」

「ハーイ」

小椋の注意に素直に答えながらも、蘭子はずっと待ち遠しそうな顔で作業を眺めていた洋造に、大きそうなきな粉餅を取り分けてやり、脇から手を出した幹洋《みきひろ》の頭をぱしりとたたいた。パーッときな粉が散って、もろに幹洋の頭にかかる。

「先生、幹洋がまた茶髪になったぁ」

敏江がふざけて叫び、好太も指を差して笑っている。

「ウソ、キナコ髪だア」

みんなに笑われながら、幹洋は自分もへらへらと笑って餅にかぶりついた。

「うめえ！」

「そんじゃ、オレも」

照孝《てるたか》もすばやく餅をとるとパクリと食べた。

「もう、行儀《ぎょうぎ》悪いんだからぁ」

明子が眉《まゆ》をつりあげて、照孝をにらみつけたが、金八先生はうれしそうに餅をパクつく子どもたちを眺め、自分もまた餅の盛られた大きなボールへ手をのばした。

「少し大目に見てやってよ、これが楽しいんだからさ」

「そうそう」

うなずく洋造や大西先生の瞳はいたずらっぽく光り、ふだんよりも若々しく見えた。

「誰かお茶入れるのを手伝ってぇ」

給食主任のトキ江の声にカオルが手伝いに走り、恵美たちはせっせと取り分け、幹洋たちは夢中になって食べていると、突然、異様な声がして、洋造が前に身を投げ出すようにして車椅子《いす》から落ちた。見ると、喉《のど》をかきむしりながら硬直《こうちょく》している。

「お餅！　お餅が喉に！」

小椋が悲鳴をあげる。

「えっ」

床にころがって白眼をむいた洋造を前に、金八先生は驚愕《きょうがく》したまま、動きがとれない。

わけがわからずに突っ立っている三Bたちを突き飛ばすようにして、高橋が事務室へ走る。

駆け寄ってきた本田先生が叫んだ。

「気道《きどう》の確保！」

「はいっ」

小椋が二つ折りにした座布団《ざぶとん》を洋造の首の下にあてがうが、洋造は苦しみもがく。

「足、押さえて！」

田中に言われてわれに返った金八先生は、洋造の足を押さえるが、暴れる洋造にすぐに蹴り飛ばされた。力也や敬太も必死になって洋造の体を押さえた。

「どうしよう、死んじゃうよぉ、どうしよう」

トシがただオロオロと繰り返す。

「救急車！　救急車！」

国井先生と幸作が飛び出していく。

高橋が事務室から掃除機をかかえてきた。

「先生、早く顎《あご》を！」

「これでいいですか」

金八先生は、洋造の顎をしっかりと押さえる。力也たちは洋造を体ごと抱き込むようにしてなんとか体勢を保っている。

「沢野さん、口を開けてください」

本田先生と田中が必死に呼びかけるが、洋造は歯を食いしばったまま、苦しんでいる。

金八先生が力ずくで洋造の口をこじあけたところに、高橋は掃除機のホースをむりやり突っ込んだ。鈍いモーター音が響く。むごい処置を正視できない蘭子や恵美、加奈恵たちが泣き出し、幾人かは顔をおおってその場にしゃがみ込んでいる。大きく見開いた目を洋造から一瞬もそらさず、息をつめている邦平の顔は蒼白だ。好太も体中をぶるぶる震わせている。

「死んじゃダメだ、死んじゃダメだよー」

苦しむ洋造の体を必死で押さえながら、力也たちが懇願する。

「沢野さん！　沢野さん！」

大西先生も洋造に呼びかけ続けている。車椅子のお年寄りとヒルマンは手を合わせて必死に祈りはじめた。

「大丈夫、来てます」

ホースを手にした高橋は、何か手応えを感じたようだ。

「騒ぐんじゃないッ」

金八先生はだんだん泣き声が激しくなる生徒たちを一喝《いっかつ》した。

「騒がない、だから助けて！　おじさん助けて！」

パニックになって泣き叫ぶデラを花子先生が抱きとめた。


救急車の手配をすませて国井と遠藤が戻ってきた時には、つかえた餅はとれて、洋造がぐったりと暴れるのをやめていた。

「坂本先生！」

走ってきた国井先生に向かって金八先生は大丈夫だとうなずくものの、顎《あご》がガクガクして言葉にならない。

「塩水でいいですね！」

本田先生からコップを受け取ると、高橋は洋造の唇にコップをあてがう。

「沢野さん！　沢野さん、お水、飲んでもいい、吐き出してもいいんですからねっ」

目を閉じたままの洋造の耳元で小椋が呼びかける。ほとんどは唇《くちびる》の端からこぼれたが、わずかな水が洋造の喉《のど》へ落ちたようだった。金八先生は洋造の手をしっかりと握《にぎ》り、大西先生は祈るように両手を組んで洋造の顔を凝視《ぎょうし》している。

「すみません、私の不注意で」

小椋が泣き出しそうな声を出したとき、洋造が咳き込み、大きな吐息《といき》をついた。

「もう大丈夫です。大丈夫だから、生徒たちは外へ出ていなさい」

本田先生が冷静に脈をとりながら言った。金八先生もあわてて外へ出るように言うと、生徒たちはまだ心配な様子で洋造の方を振り返りながらのろのろと部屋を出た。

「本田先生、ありがとうございました」

高橋が礼を言うと、本田先生はかすかにほほえんで頭をふった。

「いいえ、皆さんの処置が早かったから」

国井先生は安堵《あんど》のあまり、崩れ落ちるように椅子に座りこんだ。

「沢野さん」

田中がもう一度呼びかけると、洋造は返事のかわりに大きく呼吸した。金八先生も安堵《あんど》のため息をつく。その隣りで、無言の大西元校長の頬《ほお》をゆっくりと涙が伝い落ちた。大西先生の緊張感が、金八先生の胸を刺した。

心配でたまらない三Bたちは、センターを出てすぐの階段に腰かけて待っていた。ヒルマンの口からもいつものジョークひとつ出ず、みんな無言で、ただ女子のしゃくりあげる声だけが響いている。

「人間って、簡単に死んじゃうもんなんだ」

ぽつんとそう言った邦平の言葉が鉛《なまり》になって、皆の胸に沈んでいく。金八先生が出てくると、皆がわっと取り囲んだ。

「先生!」

金八先生は、幸作を含め一同の視線を集めると、ゆっくりと口を開いた。

「……驚かしてごめんと、沢野さんがみんなに言ってくれって。とても恥ずかしいって」

「そんなことない!」

サオリが涙声で反論する。

「私たちが悪いんです、お年寄りのお餅は小さくまるめなさいと言われたのに、その意味がわからなくて……」

驚愕《きょうがく》と罪の意識に押しつぶされそうになっていた蘭子の声も、終わりの方は涙に消えた。

「ああ、年をとると飲み込む力も弱くなっているから、気管をふさいじゃったんだね。今度のことはよおく覚えておくんだ、いいね」

金八先生は泣きはらしたいくつもの瞳を見て、穏やかに言った。

「オレたちも悪かったんだよ」

耐え切れずに口を開いたのは敬太だった。幹洋《みきひろ》がそれに続く。

「つい調子にのって、パクパク手を出したから」

「ああ、たぶん沢野さんはそれで子どもに返ったような思いだったんだろうね。私だって、そうだったから」

自分を責めるあまり小さくなってうつむいている幹洋たちに、金八先生はかすかに慰めるように微笑した。

「幸い、本田先生や小椋《おぐら》さん、高橋さんがいてくれてよかったけれど、ちょっとした不注意が命取りになるということをみんな見たんだから、それを心して新しい年を迎えようよ。

そしたら沢野さんは、ちっとも恥ずかしがることはないし、またみんなにいろいろな昔の話をしてくださるだろう」

全員が素直にうなずいた。一人ひとりは素直な子どもであっても、暴力に対する自覚が薄いために、大変な事態を招いてしまうことを金八先生は身をもって経験している。以前、金八先生は見ず知らずの少年たちからオヤジ狩りにあった。しかしその少年たちに自分たちが殺人をしかけているという意識はなかっただろう。三Bの教室で中野先生への暴力が行われたときも、多くの生徒にとってそれは成り行きでしかなかったに違いない。そのためなのか、金八先生には中野先生の事件での反省は彼らの心の中にあまり深く浸透していない気がしてならなかった。

小さな嘘《うそ》から北先生をつるし上げ、教室で立ち往生させたときの三Bもそうだった。あの時の生徒たちの騒ぎ方を見たとき、金八先生はぞっとした。あるいは健次郎のような生徒があおったのかもしれない。しかし、ちょっとしたきっかけで、すぐに教室全体が集団ヒステリーの渦《うず》に巻き込まれてしまう三Bの性質は、中野先生の事件の後も何ら変わっていなかったのである。生徒たちのまだ涙をたたえた真剣な瞳をまっすぐに見返しながら、金八先生は祈るような気持ちでもう一度念を押した。

「いいかい、人間はガラス細工《ざいく》みたいな壊れ物なんだ。天地あり、取り扱い注意。忘れるなよ」

遠くから近づいてきていたサイレンの音が大きくなって止まった。救急車が到着したのだ。

Ⅱ　新年の誓い

元日、金八先生の家には、成人した旧3Bの生徒たちも続々とやってきた。

センターと学校とが一体になって盛り上がった餅つき大会だったが、洋造の事故からとんだ展開になり、生徒たちは金八先生にさとされて、神妙《しんみよう》な面持《おもも》ちで帰って行った。お年寄りの受けたショックはもっと大きかった。夕方になって、金八先生は大西元校長を送って行った。ふだんは学校とセンターとの橋渡し役を自任し、背筋をのばして目を光らせている大西先生も、同年の洋造の死に瀕《ひん》した姿を目のあたりにしてショックを受け、この日ばかりは小さく疲れて見えた。

師走《しわす》の町をせわしなく行き交《か》う人を避けるように、金八先生は車椅子《いす》を押して行った。風が冷たく、金八先生がマフラーの衿《えり》を直してやると、いつもは饒舌《じようぜつ》なくらいの大西先生はただ無言で頭を下げた。

独り暮らしの大西先生のアパートは、思いのほかこざっぱりと片付いていた。

「やあ、どうもありがとう、送ってもらうほどのことはなかったんだけれど」

体の自由がなかなかきかなくなってきていても、大西先生にはまだまだ自分のことは自分でできるという自負《じふ》がある。金八先生に礼を言い、半分は自分に向かってそうつぶやいて、大西先生は久しぶりの客を迎えるべく茶を入れようとする。恐縮した金八先生はさっと走り寄った。

「先生、私がやります。それにすぐ失礼しますから」

「そうかね」

力なくそう言って手をひっこめた大西先生の横顔は、今まで見たことのないほどさびしげだ。金八先生はハッとして、ゆっくりと老人の心に寄り添うように言った。

「情けないことに、今日はやはりショックでした」

「みんな、暮れも正月もテレビ相手に一人で過ごしている者ばかりだからね。センターができて子どもたちに餅ついてもらって、少し浮かれていたんですよ。私も年甲斐《としがい》もなく、まったく恥ずかしい」

いつになく弱気な大西先生の言葉は、金八先生に、ふだんセンターで雑談に花を咲かせているお年寄りたちが背負っている深い孤独を一瞬で悟《さと》らせた。懸命に子どもたちに声援を送ったり、ふざけたりしていた洋造の後ろには、全くだれとも口をきかずに過ごした数えきれないほどの日にちがあったのだ。

「いえいえ、そのための中学生と一緒のセンターなんです。大いに少年に返ってください」

金八先生が励ますと、大西先生はうつむいて、目のふちを指でぬぐった。

「……どうも今日は、急に涙もろくなったようで困る」

センターの立ち上げに最初からかかわってきた金八先生は、大西先生ともよく話をする機会はあったが、こうして二人きりでしみじみとした時間を持つのは初めてだった。孤独を語る大西先生の肩に、若い頃に東京に出てきてから後は、差し向かいでゆっくり酒を飲むこともしなかった郷里《きょうり》の父の面影《おもかげ》が重なった。

「……先生は、正月はどうなさいますか？」

「うん、今年はＰＴＡと町内のボランティアさんたちがおせちをつくってくれる。買い物さえしておけば三日間ぐらい大丈夫。心配はいりません」

いつもの大西先生らしい、少し強がったしっかりした答えが返ってきたが、金八先生は一瞬ためらった後、思いきって提案した。

「……あの、さし出がましいようですが、もしよければ大晦日《おおみそか》はわが家でいかがですか。元旦といっても、特別のことはできませんけれど」

大西先生は驚いた様子だったが、すぐにさっと顔を赤くした。

「坂本先生」

「はい」

「どうも年をとると変に頑固《がんこ》になっていけません、お誘いはほんとにありがたいが、同情されるのはちょっと……」

大西先生の自尊心《じそんしん》を傷つけたらしいのを見て、金八先生はあわてて言った。

「そんな、気を悪くされたら謝りますが、ひとり立ちしてからは暮れも正月も学校の何やかやがあって、父親ともしみじみ新年を迎えたことはありませんでした。今日はふっとそんなことが思い出されまして」

「すると、お父さんは？」

「親孝行、したい時には親はなし、というやつです。センターで大西先生とお年寄りたちを見るたびに、父のことをよく思い出しておりました」

「そう、それはありがとう」

大西先生は後輩の真心に素直に頭を下《さ》げた。

「では」

「いや、私もね、行くところがないわけじゃないんですよ」

そう言って、大西先生は小さな仏壇に飾られた写真に目をやった。

「死に水を取ってくれるはずだった家内《かない》に先立たれたのは、これはちと計算違いでしてね」

二つ並んだ額《がく》の中では、初老の婦人と、金八先生よりも年下だろうか、大西先生によく似た中年男性がほほえんでいた。

「息子さんの方はまだお若かったんでしょう」

大西先生は、写真を見つめたままうなずいた。

「過労というやつでしょうな。忙しすぎて、おかしいと思って病院へ行った時には、もう手遅れでした。私よりも残された嫁と孫がかわいそうでしてね」

なんと言ったらよいのか言葉を見つけることができずに、金八先生がただ黙っていると、大西先生は穏《おだ》やかな口調《くちょう》で微笑さえまじえて続けた。

「しかし、いいあんばいに子づれの再婚どうしという相手に出会えて、ま、それなりにうまくやっているようです」

「そうだったのですか……」

「正月には来いと言ってくれる、そりゃ孫にお年玉も持って行きたいですよ。けど、それをしたらおしまいだ」

「おしまい?」

聞き返す金八先生に、大西先生はいつものように姿勢《しせい》を正して、きっぱりと言った。

「坂本先生、私はこれでもけっこうひとり暮らしを楽しんでおるのですよ、人間、一人で生まれて来たんだから一人で帰って行く。それも出来るだけよそさんに迷惑をかけないように。それが毎年、元旦の抱負《ほうふ》です」

年をとってもそのかくしゃくたる精神に感嘆する一方で、疲労のにじんだ大西先生の顔とつらそうなゆっくりとした動きを見ると、金八先生はから元気のようなものを感じずにはいられなかった。もっとも、そうした強がりがなければ、妻やひとり息子に先立たれた後の深い孤独《こどく》を生き抜いていくことはできないのだろう。

「うらやましいです。私も女房に先に逝《い》かれましたが、まだまだ青臭《あおくさ》くて、新年の抱負は結構変な計算が先に立ったりして」

「それがなくて、どうしてベテラン教師として若い者を引っぱって行けますか、生徒たちのためにも大いに良き計算はすべきです」

思いやれる相手を持つと、人は元気になれるものらしい。少し調子を取り戻した大西先生の励《はげ》ましの言葉を聞くと、金八先生は微笑して言った。

「はい。では、大晦日《おおみそか》には幸作をお迎えによこしますので」

無言のまま、大西先生は目を宙《ちゅう》に泳がせた。これまで突っ張ってはきたが、やはり金八先生の申し出はうれしかったのだ。

大晦日になると大西家の玄関に、にこにこと人なつこい笑みをうかべた幸作が現われた。大西先生は早くから小さなボストンバッグに着替えをつめ、準備を整えて待っていた。祖父に遊んでもらった記憶はほとんどなく、もともと寂しがり屋の幸作は、疑似《ぎじ》祖父とでもいうべき大西先生が泊まりに来ると聞いて大喜びだった。幸作を迎えにやるというのは抜《ばっ》群《ぐん》の人選で、内心けむたがられるのではないかとおそれていた大西先生の緊張や気おくれも、幸作の屈託《くったく》ない笑顔があっという間に溶《と》かしてしまった。

玄関にしめ飾りがかけられた坂本家に着くと、幸作が中へ呼びかける。

「ただいまぁ。ちょっと手を貸してぇ」

「ハーイ」

エプロンをかけた乙女《おとめ》と金八先生がにこにこと大西先生を迎える。娘をつれたセンターの小椋《おぐら》もその後ろで会釈《えしゃく》した。杖と金八先生の手を借りてダイニングに入った大西先生はぐるりと見回して言った。

「やあ、なかなかきれいなお宅じゃないですか」

「不動産屋を継いだ教え子が中古だけれど、手ごろな話を持って来てくれたので」

「狭いので、大西先生には父の部屋を使っていただくつもりです。どうぞくつろいでください ね」

そう言って乙女がお茶を出す。三人が交替で家事《かじ》をやっていくための工夫はこらされているが、とくべつ飾られた家ではない。けれど、乙女や幸作の存在で一人暮らしのアパートとはまるで違って華《はな》やいで見えた。

「はい、ご面倒《めんどう》かけますね」

大西先生が改めて頭を下げると、来る道でもうすっかりなついている幸作が大きな声で言った。

「そんなことはねえよ、あ、ありませんから、孫の所へ来たつもりでどうぞどうぞ」

「私たちも安心してお願いして、高橋さんがリースのベッドを手配《てはい》してくれることになったので、場所を決めていただこうとお待ちしていたんですよ」

小椋がそう言うと、大西先生がそくざに首を振った。

「いやいや、そんなものはいりません」

「でも、夜中のトイレにお蒲団《ふとん》からでは立ち上がるのは大変でしょう」

「その時は這《は》って行きますから、ご心配なく」

「その時は、まあひとこと声をかけてください」

そう言う金八先生の顔と大西先生の顔を見比《みくら》べ、小椋はまだ少し心配そうではあったが、うなずいた。

「じゃあ、私、高橋さんに断《こと》わってきます」

すると、玄関から聞き覚えのある声がする。

「お待ちどう！　満腹亭ですぅ」

誰かが出迎《でむか》えに出るよりも早く、岡持《おかも》ちをさげた教え子の修一が入って来た。あっという間にテーブルいっぱいにラーメンが並ぶ。

「えっ、誰が注文したの？」

幸作がダイニングを見渡すと、修一が言った。

「夜はざるそば、昼はラーメン、大晦日《おおみそか》にそばを二度も食べればそれだけ長生きするってこと」

どうやら修一が勝手に持ってきたらしい。乙女が目当てなのは明らかだった。金八先生の眉《まゆ》がぴくりと動くが、幸作はうれしそうだ。

「あ、乙女ちゃん、毎度どうも、焼豚《やきぶた》いっぱい入れときましたから」

幸作など目に入っていない修一が、でれでれと目尻《めじり》を下《さ》げる。

「あら、七つもあるわ」

乙女が目を丸くすると、修一がだらしなく笑った。

「エヘヘへ、それは俺の分」

「なんでおまえの分があるんだ」

「一緒に食って、一緒にどんぶりさげて行った方が仕事が早いじゃん。それに乙女ちゃんの隣りで食ったら元気モリモリ、今夜は徹夜だもんね」

途端《とたん》に、金八先生は汚いものを見る目つきで教え子を見ると、乙女の袖《そで》を引っぱった。

「乙女、こっちにすわんなさい、大西先生のお隣りがいい」

「何言ってんだか。自分だってだれかさんの隣りにピタリとすわってるくせに」

修一も負けてはいない。

「だれかさん？」

きょとんとする金八先生を無視して、修一は金八先生の隣りに座《すわ》っている小椋《おぐら》に愛想《あいそう》よく声をかけた。

「すんませんねえ、人目があるとすぐこうやって照《て》れるけど、悪い奴じゃないんで、よろしくお願いします」

「お前、なに言ってんだ」

修一の勘違いに金八先生は真っ赤になり、小椋はうつむいてくすくすと笑っている。

「ルール違反だぜ。再婚する時は俺たちにも知らせると言ってたくせに、まったく手が早いんだから」

「このアホンダラ」

金八先生は修一の頭を箸《はし》でパシリとたたいた。笑いの渦《うず》の中で、幸作は早くもラーメンを食べはじめている。


幸作がおしゃべりしたりラーメンをぱくついたりしている頃、真剣な表情の同じ受験生たちがホテルに缶詰《かんづ》めになって、鉢巻《はちま》きをしめた進学塾講師の猛烈なマラソン授業を受けていた。

「いいなッ、一流大学合格者の中でも高校の理数がわからず補習授業を受けてると新聞が書きたてているが、わが開栄塾から高校に進学する者にそんな情けない奴がいてはならない。いいなッ」

「はいッ」

講師が机をたたいて気合いを入れると、生徒たちが反射的に大声で返事をする。

「不景気だというこのご時世《じせい》、君たちの親はこの一流ホテルへ君たちを送り込んでくださっている。その親心にこたえるためにも、諸君らは常に一流をめざさなければならないんだ。正月だなんて浮かれている時ではない、一流めざして死ぬ気で頑張れ、弱気は最大の敵だ」

「はいッ」

やはり合格必勝の鉢巻きをしめた慶貴《よしたか》は、憑《つ》かれたような目をして目いっぱい大きな声で答えている。が、健次郎はその雰囲気を心から受け入れることはできず、ふっと目を伏せた。一流の狭き門をみごと突破したヒーローの一人が、自宅の二階にたてこもっている。家から離れていることにホッとする一方で、残してきた母親のことがやはり気にかかった。

短い休み時間になると、さすがに疲れた表情の生徒たちはいっせいに廊下へ出た。学校とは違い、長時間息を抜く間もない授業を終えると、友だちとしゃべる元気すら残っていなかった。そんな中、修三が健次郎の肘《ひじ》を突ついた。修三が目で示す方を見ると、母親の麻美が廊下の隅《すみ》に立ってこちらを見ている。

「どうしたの？」

何ごとか起こったのかと嫌な予感を感じながら、健次郎は小走《こばし》りに近寄って小声でたずねた。

「元旦まで、私も健ちゃんと一緒にいることにしたの。これ、私のお部屋」

麻美は甘ったるい微笑を浮かべると、部屋のナンバーを書いた紙片《しへん》を健次郎の手に押しつけた。寄りかかる母親の存在が、重すぎる荷となって健次郎を窒息《ちっそく》させる。しかし、母を慕《した》い、母に同情する健次郎は、叫び出したい気持ちをいつものように押し殺して笑《え》みをかえした。麻美は硬直している健次郎の頰《ほお》を軽くなでると、踵《きびす》を返して部屋へ戻っていく。その後ろ姿を健次郎はぐったりと見送った。

兼末《かねすえ》家の大晦日《おおみそか》はひっそりしていた。この大きな家にいるのは、栄三郎と雄一郎の二人きりだ。栄三郎は、最後に長男と二人きりの時間を過ごしたのはいつだったか、もう思い出せなかった。少なくとも雄一郎が現在のような状態になってから、二人だけになるのは初めてである。栄三郎は長男が恐ろしかった。とてもリビングでくつろぐような気にはなれず、その夜は雄一郎同様、自室にろう城していた。静まりかえった兼末家には、時おり、隣家から笑い声が小さく響《ひび》いてきたりしていた。

夜もふけて、リビングの方からガサゴソ物音がするのを怪《あや》しんで、部屋から出て来た栄三郎は、リビングの入り口で棒立《ぼうだ》ちになった。リビングにつづくダイニングキッチンの冷蔵庫の前にすわり込み、中をあさっているのは雄一郎だ。真っ暗なダイニングで冷蔵庫の明かりがぼうっと雄一郎の横顔を照らしていた。その顔は過食と運動不足で無残《むざん》にふくれあがり、髪の毛はぼさぼさに伸びたままだ。手づかみで手当たりしだいに食料をむさぼり食うその姿は、自分の知っている息子のものではない。

壁ぎわに身を隠して息をひそめたまま、栄三郎はそのおぞましい姿を凝視《ぎょうし》していた。ショックのあまり身動きができない。

怪物がふっと振り返り、目があってしまった父子は、互いに金縛《かなしば》りにあった。言葉の出ない栄三郎の全身から冷や汗が噴《ふ》き出した。突然、雄一郎はけもののような声をあげると、冷蔵庫の前のものを蹴散《けち》らしてダイニングを飛び出し、階段をかけのぼっていき、同時にバターンと激しくドアの閉まる音が家じゅうに響いた。

栄三郎が荒い呼吸でやっと電気をつけると、食卓の上に麻美が用意していった夕食はすでに食い散らされていた。

夜遅く、初詣《もう》でに出かける人の姿がちらほら見られる中、栄三郎は弁当を買いに出た。コンビニ弁当の入ったビニール袋をさげて人目を避けるように歩く栄三郎の姿を、寿司《すし》の出前から戻る途中の明彦がけげんそうな顔で見送った。

夕食を終えひとしきりくつろぐと、乙女と幸作はダウンジャケットを着込んで外へ出た。三Bたちとヒルマンの家の寺に初詣でを兼ねて鐘《かね》つきに行く約束をしていたのである。ちはるも来るというので、幸作の足どりは軽《かろ》やかだ。

坂本家の居間では、金八先生と大西先生がしみじみと杯《さかずき》をかわしていた。間をおいて、遠く、近く、除夜の鐘が鳴り始め、そのゴーン、ゴーンという音が体の奥へ静かに沈んでいくようで厳《おごそ》かな気分になる。

「とうとう二〇〇〇年の幕明けですか」

大西先生が感慨深《かんがいぶか》げに言う。

「こんな長生きをするとは思いませんでしたよ」

「まだまだ、これからですよ」

金八先生が励《はげ》ますように答えた。

「……百八ツか。……煩悩《ぼんのう》の数はそんなにもあったんですな」

「はい、私などはもう煩悩だらけで」

金八先生が苦笑しながら、大西先生の杯に酒をついだ。

「それが生きているという証《あか》しです。いや、しみじみと良い年が迎えられました」

「はい……」


翌朝、元旦《がんたん》はよく晴れた。坂本一家と大西先生はおせちが並んだテーブルを囲んで、新年のあいさつをかわした。坂本家では例年、年始に来る教え子たちでごった返すであろう元旦の静かなひとときである。大西先生が用意していたお年玉を乙女と幸作に差し出すと、幸作は椅子《いす》の上で跳《は》ね上がった。

「やったぁ！」

「待ちなさい。いけませんよ、大西先生」

恐縮《きょうしゅく》して断わろうとする金八先生に、大西先生はきっぱりと言い返した。

「バカ言いなさい、隠居《いんきょ》が孫にお年玉を渡せるのは何よりの幸せなんですよ。あなたにいけないと言われるいわれはないのです」

「そうですか……」

金八先生はすまなさそうに頭を下げるが、乙女も幸作も手放《てばな》しで喜んで何度も礼を言った。核家族の乙女たちにしてみれば、おじいさんのような存在から改まってお年玉をもらうということ自体が、新鮮でうれしかったのである。子どもたちの喜びようを眺《なが》めながら、大西先生はふと昨年の孤独な元旦を思い出した。

お雑煮《ぞうに》を食べ終わると、早くもインターホンが鳴り、着飾った旧三Bたちが年始に現れはじめた。成長して見ちがえるようになった教え子たちを、金八先生はうれしそうに顔をくしゃくしゃにして迎え入れる。坂本家の狭い玄関はあっという間に脱《ぬ》いだ靴や草履《ぞうり》でいっぱいになった。

日が高くなり、土手《どて》に凧《たこ》上げの子どもたちが走りはじめた頃、健次郎たち三人は帰って来た。合宿の疲れが出て、慶貴《よしたか》も修三も無口だったが、健次郎だけは、内心うきうきとしていた。もうすぐ花子先生と二人で会えると思うと、自然と口元がほころびそうになる。しかし他の二人に気づかれないよう、健次郎も疲れた様子を装《よそお》って黙っていた。改札を出ると、健次郎はなにげない口調《くちょう》で別れを告《つ》げた。

「じゃ、おれは寄るところあるから」

「そんじゃ、またな」

片手をあげて歩き出す修三と慶貴の背中を見送ると、健次郎は土手の道を一気に駆け上った。冬の澄《す》み切った冷たい空気を胸いっぱいに吸いこむ。参考書がずしりと入っているはずのキャリーバッグが、空《から》になったかのように軽い。健次郎は爪上げの子どもたちの間をぬってどんどん走って行った。

花子先生のアパートまではあっという間だった。息をはずませ、今はもういっぱいの笑顔で、健次郎は通りをはさんで二階の窓を見上げた。

すると突然、二階のドアが開き、ヒルマンと敬太につづいて花子先生が出てきた。健次郎の表情が凍《こお》りつく。花子先生は何やら文句を言っているらしい。しかしヒルマンと敬太の二人は、花子先生の手をあつかましくも両側からぐいぐいとひっぱって、はしゃぎ声をあげながらそのまま階段の方へ向かう。その後ろ姿から、花子先生の笑い声までが聞こえてきた。

健次郎が合宿の間ひそかに胸にあたためてきた楽しみは、こうしてあっけなく消えた。裏切られたくやしさに、健次郎はきつく唇《くちびる》を噛《か》む。しばらくたたずんだ後、健次郎は重いキャリーバッグを引いてのろのろと家に向かった。

金八先生の家に行ってはみたいが、自分たちだけで直接訪ねて行く勇気のないヒルマンと敬太は、もっとも気やすい教師である「花ちゃん」をだしにしたのだった。金八先生のことを内心慕《した》っていても、今の三Bにはまだそれを素直には言えない雰囲気があったのだ。

花子先生が坂本家に到着した時には、ヒルマン、敬太のほかに幹洋《みきひろ》、力也、三郎、カオル、由佳、敏江、雅子、邦平、サオリなども加わって、年始組はふくれ上がっていた。

「明けましておめでとうございます」

花子先生が玄関から呼びかけると、幸作が顔を出した。

「みんながね、坂本先生のお宅に行きたいので一緒に行ってとうるさくて」

「僕は大歓迎、上がってください。少し混んでるけど」

すでに旧三Bたちでいっぱいの坂本家に一同はぞろぞろと上がり込んだが、とても部屋の中に入りきれない。廊下で立ち往生していると、大西先生が気をきかせて腰をあげた。

「そんじゃ、君たちは私とそっちの部屋へ行こう。お年玉あげるから」

「わぉ、お年玉だってえ」

根がちゃっかりした子どもたちが歓声をあげる。結局、現三Bたちは金八先生ぬきで別室でくつろぎはじめた。寿司《すし》の出前に来た明彦がそこに合流する。客は次から次へと後をたたない。いまや自らが中学生の親の世代となった三B一期生たちは、いつの間にか清楚《せいそ》な少女となった乙女の成長ぶりに口ぐちに驚き、かつては生徒の兄貴分という風情《ふぜい》だった金八先生も皺《しわ》の刻《きざ》まれた顔をほころばせている。

そのうちに遠藤先生とライダー小田切《おだぎり》も連れ立って姿を見せた。ひそかに乙女に好意をよせる遠藤先生と、三B時代から乙女ファンの修一との間に、初対面ですでに小さな火花が散った。いまや坂本家の客は一階のすべての部屋と廊下、階段にまで押し合いへしあいである。ついに、明子が隣室でかん高い笑い声をあげているヒルマンたちに向かって怒鳴った。

「あんたたち、いつも金八っつぁんと一緒にいられるんだから、今日は先輩に譲んなさい」

「いえ、そろそろ帰ろうかと思っていたところです」

恐縮しながら言う三郎に、明子の答えは冷たい。

「だったら、さっさと行動に移せ」

結局、金八先生とはほとんど話せずじまいだった現役三Bたちは、ぶつぶつ言いながら立ち上がり、明彦と寿司桶《すしおけ》も一緒にヒルマンの家へ移動した。

途中、コンビニでジュースや菓子類を調達した彼らは、比留間《ひるま》家の離《はな》れの座敷《ざしき》を占拠《せんきょ》して、寿司桶を中心に車座《くるまざ》になり、彼らだけの新年会を楽しんだ。

「けど、すげえよな、先輩たちがあんなにいっぱいお年始に来るのはよ」

ヒルマンの感嘆に、すぐにサオリが同調した。

「金八っつぁんて呼んでたよね。カックいい！」

「トボけた顔するけどよ、なんかオレたちのこと、全部わかってるみたいな気がする」

三郎のつぶやきに、邦平も静かにうなずいた。

「おれもそう思う。中野の事件のことだって、ほんとは知っているんじゃないのかなあ」

中野事件の発端《ほったん》をつくった明彦は、チラッと鋭く見るが、黙っている。

「脅《おど》かすようなことを言うなヨ」

びくびくする敬太の背を、雅子がどんとたたいた。

「脅かされるようなことするからだ」

「お前たちだって一緒にやっただろ」

気の弱い敬太はムキになって言い返した。

「やめなよ、お正月じゃんか」

敏江が気の重い話題を振り払うと、もともと能天気なカオルも、そうだ、そうだと残りの寿司をほおばる。

「大好きだけど、やっぱバレてると思ったらこわくねえか」

敬太はやはり落ち着かないらしい。

「けど、なんかオレ、金八っつぁんって好きだなあ、あいつになら説教されてもかまわねえ」

自分を注目してくれているという実感を持って以来、幹洋《みきひろ》と力也はすっかり金八先生ファンである。中野先生は出来《でき》の悪い生徒は眼中《がんちゅう》になかったが、金八先生が担任になると、自分たちの気持ちを汲《く》んでくれ、親身《しんみ》になって叱《しか》ってもらえることがうれしかったのである。

「金八っつぁんだなんて、オレたちにはまだ早いんじゃないか」

心臓の持病のせいで文化祭への参加や進路のことでは、何かと金八先生に相談に乗ってもらった邦平は、新しい担任を心底《しんそこ》信頼しており、今日の坂本家では親しく金八先生の周りに集まった先輩たちを羨《うらや》ましい思いで眺《なが》めていた。元来ひかえめで生真面目《きまじめ》は性格の邦平は、手放《てばな》しで金八先生に甘えることができなかったのである。しかし、クラス一のコメディアンであるヒルマンは、正月の楽しい気分にのって、両手を空へひろげて叫んだ。

「けど、金八っつぁんは金八っつぁんだーッ」

「……健のことも知ってんのかな」

終始、無口で考えこんでいた明彦がぽつりと言った。

ヒルマンたち現役三Bが帰ると、旧三Bたちも重い腰をあげはじめ、午後も遅くなると坂本家の居間のテーブルに残ったのは花子先生、小田切先生、遠藤先生と大西先生、金八先生だけとなった。新任の花子先生と元校長の大西先生、それは桜中学の教師の最年少から最年長を含む五人だった。教師ばかりのメンバーになり、話題は自然と教育のことへ流れていく。

金八先生が最近の子どもたちの様子をどう思うかと大西先生にたずねると、大西先生は昔の厳《きび》しい校長の顔に戻って答えた。

「いや、若い者と一緒にいると若いエネルギーを注入されて大いに若返ります。しかし、中学生たちのあの言葉づかいはなんとかなりませんか」

「なりません」

にべもなく答えた遠藤先生をたしなめるように、若い小田切先生が口をはさむ。

「そう言いきったらおしまいでしょう」

「そうよ、国語の先生がいらっしゃるのに」

そう言って花子先生が金八先生の顔を見るが、金八先生の表情には教室や職員室にいるときのような確固たる自信のようなものはない。言葉づかいについては、生徒たちに再三注意してきたものの、改善されたとはお世辞《せじ》にもいえなかった。彼らは注意されたその場だけ訂正すると、すぐに金八先生の言葉も叱責《しっせき》も忘れてしまう。一学期間かかっても金八先生には生徒たちが変わったような手ごたえはつかめず、自分だけが空回りする焦《あせ》りを感じはじめている。

「いやぁ、私でも手がつけられません。年々くずれてはいるけれど、今の三Bは特別ですよ。人の言うことにはなかなか耳を貸そうとしない」

珍しく弱気な言葉を吐く金八先生の脳裏《のうり》を、北先生をつるしあげる三Bたちの様子が横切っていく。汚い言葉のシュプレヒコール、机をたたき、椅子《いす》に立ち上がって野次《やじ》る生徒たち。どぎつい言葉を吐き出すなかで、三Bはすぐに思考停止の状態に陥《おちい》ってしまうらしかった。ベテランの中野先生も、北先生も抑《おさ》えることのできなかった、その野蛮《やばん》な熱狂の源が何なのか、金八先生にもよくわからない。今朝、家を訪れた生徒たちは、みな屈託《くったく》のない愛すべき表情をしていた。ふだんは人なつっこい笑みや冗談を投げかけてくる生徒たち一人ひとりの中に、よほど大きな苛立《いらだ》ちが秘められているということなのだろうか。それとも、彼らの感覚のどこかが麻痺《まひ》しており、本当に中野先生の事件も忘れてしまっているのか。ともかく、いまだに三Bというクラスが油断のならない集団であることは間違いない。

「ちょっと大きな声を出すと、人権無視とか対等だとかホザきやがって、頭にきます。いまさらあいつらに対等だなんて教えてもらう必要はないですよ」

やはり三Bで似たような経験をしているのか、遠藤先生が強い語気で憎らしそうに言った。それを、大西先生が落ち着いた口調できっぱりと訂正する。

「それは違うよ、きみ。教師と生徒は対等ではない」

「しかし」

遠藤先生も小田切先生も、ふに落ちない顔をしている。大西先生と自分たちとでは、時代が違うのだ。教師の立場は昔のように強くはない。体罰などはもってのほかで、生徒に対する言葉づかいでも細心の注意をはらっていなければ、生徒の口ごたえだけではすまずに、すぐに親がとんで来るだろう。少子化で、子どもたちは遊びの中でも家庭の中でももまれて育っていないから、集団の中で人間関係をつくることがうまくない。そこに権利意識だけはしっかりたたき込まれているので、授業でもまず三十人、四十人の生徒にこちらを向かせるという段階から苦労しなければならなかった。金八先生も二十年前の教室では「人の話をちゃんと聞く」などと、十五歳の生徒たちに毎朝斉唱《せいしょう》させる必要はなかったのである。遠藤先生が反論しようとするのをさえぎって、大西先生は続けた。

「いいかね。人間としては対等だ。だが、対等とは責任を取り合えてこそ対等だ。教師は学問を教える。生徒はその教師からさまざまなことを学習する。その関係において、大人と保護教育される子供は対等ではない。その分、教師は教え理解させるということに責任を持つ。これがまず第一なんだ」

「なるほど」

花子先生は納得した様子で素直に耳を傾けている。けれど、実際の教室では論理通りに事が運ぶことの方が珍しいのだ。小田切先生がため息をついた。

「しかし、大声を出せば親が出て来て、正直やりにくいです」

「子どものためです。目的がしっかりしているなら、親とのケンカは大いにやるべし。そこで私ら年寄りを大いに利用したらいい。ねえ、坂本先生」

金八先生は神妙《しんみょう》にうなずいた。生徒たちの麻痺《まひ》した感覚を目覚めさせ、状況を変えていくには、確かにそれなりの覚悟と、得られるかぎりの協力が必要だった。

「生徒を育てるのは教師だけではないよ。親や近隣と手を取り合って人材を育てなければ、今にこの国は滅びます。だからこそ、地域はがっちり手を組む」

余裕のない現役教師たちを励《はげ》ますように、大西先生は微笑した。その貫禄《かんろく》に圧倒され、小田切先生も遠藤先生も視野の狭さを指摘されたような気がして、思わず姿勢を正した。若くて一生懸命な後継者たちの姿を見て、大西先生はいつになく若々しく、愉快そうに見える。

「ハッハハ、憎まれ口は私ら年寄りに任せなさい。このむずかしい時、教師だけを矢表《やおもて》には立たせません。私らも大いに役に立ちたいと思っとるんですから」

「これはもう、私たちも負けられませんね」

金八先生も同僚たちと視線を交《か》わして、気合いを確かめあった。文化祭ではあからさまに非協力的な態度で金八先生の神経を逆《さか》なでした遠藤先生も、実はクールを装《よそお》った熱血漢《ねっけつかん》であることを、金八先生はいまさらながら確認したのだった。

「いやあ、今日は実に良い元日です」

ご機嫌の大西先生が窓を見やると、通りから獅子《しし》舞いの囃子《はやし》がかすかに聞こえてきた。

翌日には丁寧《ていねい》な礼の言葉を残して大西先生は独《ひと》り暮らしの自宅へ戻って行った。センターも短い正月休みを終えた。桜中学の新学期が始まるのはその一週間後である。懐かしい昔の教え子たちの顔を見た喜びもつかの間で、この冬休みは金八先生にとって気の晴れ晴れする間はほとんどない。受験生のクラスの担任であるだけでも仕事と心配は山積みだが、やはり年を持ち越してしまった中野先生のこと、不登校のままの篤《あつし》、かたくなに心を開こうとしない健次郎、そして危なっかしい三Bの雰囲気が心に重くひっかかったままである。

それでも、大西先生や同僚たちとの対話は大いに金八先生を励《はげ》ました。ひとりになり、敬愛する坂本竜馬の写真を前に、金八先生は、必ず三B全員そろって卒業式を迎えさせることを誓った。

まず篤をふたたび教室へ迎え入れること。それはすなわち、三Bが人の心を踏みにじらないクラスになることを意味する。たんに裏のボスである健次郎一人だけの問題ではない、と金八先生は思っている。三Bの一人ひとりが、人の心の痛みがわかる人間にならないかぎり、中野先生の事件、北先生の事件について、必ずや三度目の事件が起こるだろう。そのときは、人が生きていく上で何をこそ守り、大切にしなければならないか、自分の「教師生命」をかけても、必ず生徒たちにわからせずにはおかないことを固く心に誓ったのだった。

Ⅲ　三度目の事件

動転・興奮して屋上の金網に上った好太を、金八先生たちは必死で引き戻す。

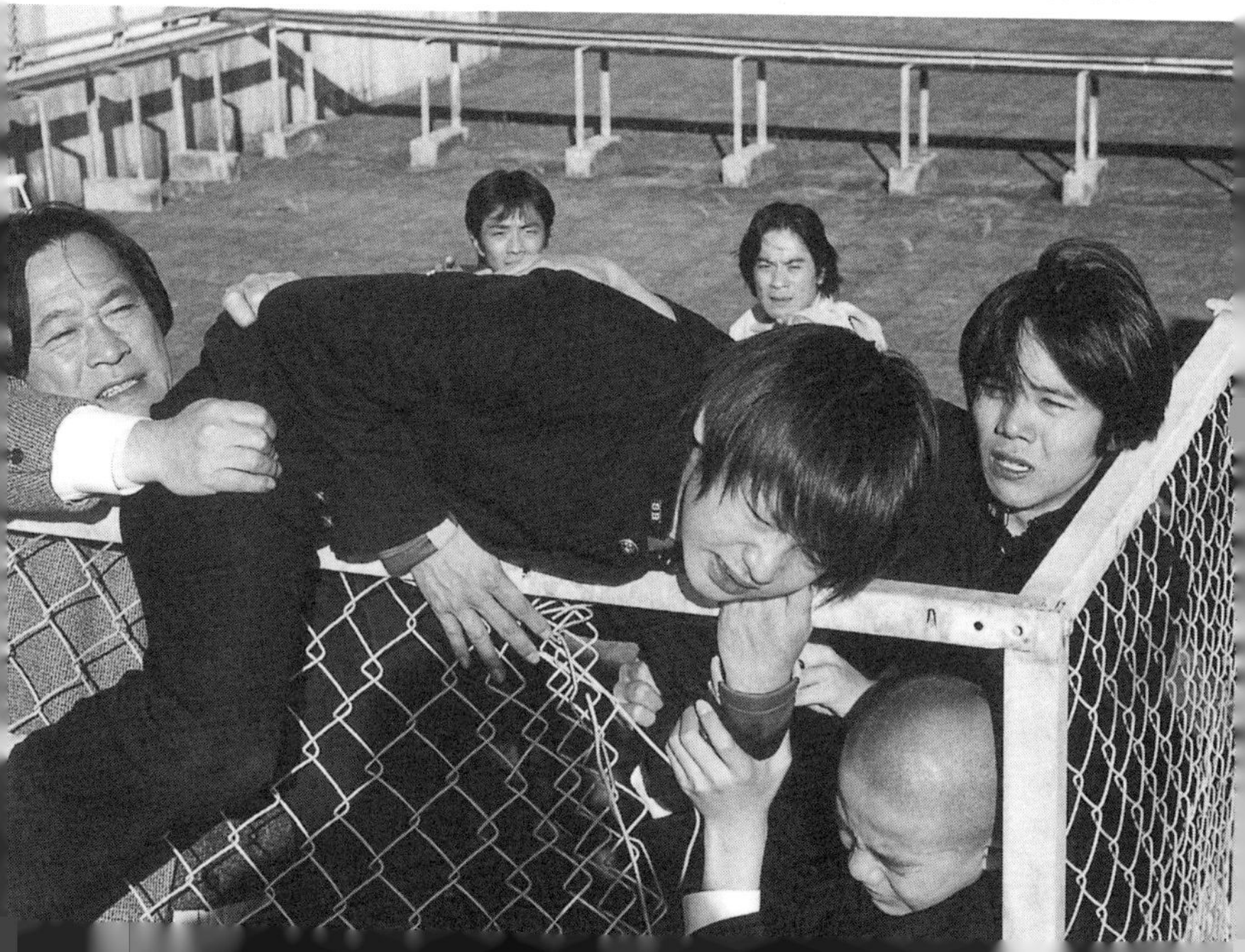

新学期の始まる朝はこの冬いちばんの冷え込みとかで、土手《どて》の枯れ草が霜《しも》で白っぽくおおわれていた。斜面を見下ろす通学路を、久しぶりに桜中学の生徒たちが楽しそうに登校してくる。ポケットに手を突っ込んで歩く健次郎を囲むようにして、いつものように敬太、幹洋《みきひろ》、明彦が歩いている。内心は不承不承《ふしょうぶしょう》なのだが、健次郎に弱みをつかまれているため離れられないのだ。

友だちでありながら、そのグループ内で健次郎に対する批判や健次郎の気にさわるような言葉は御法度《ごはっと》だった。敬太たちは自分に害が及ばない範囲であれば、健次郎の頭の良さ、気のきいた言葉、気に入らない教師に対する残酷な批評などに魅力を感じないわけではなかった。が、その鋭い矛先《ほこさき》がいつ自分へ向けられるかと思うと、健次郎の目のあるところでは常に落ち着かなかった。健次郎はよく一緒に笑っていたかと思うと、次の瞬間に人が変わったように不機嫌になる。健次郎の何を考えているのかわからないところが、いっそう彼らの不安を濃くした。

一方、健次郎は健次郎で、学校での悪事《あくじ》はすべて巧妙《こうみょう》な計算の中に隠し、取り巻き連中を完全に自分の配下《はいか》に抑《おさ》え込んでいると思ってはいたが、こまめに彼らの忠誠を試さないと気がすまなかった。健次郎は金八先生をもまた計算通りにあざむきおおせていると信じている。篤のことで呼び出されたときはさすがに冷や汗をかいたが、金八先生は健次郎の迫真の演技に納得《なっとく》した様子で、その後は中野先生や篤《あつし》のことで追及《ついきゅう》してはこなかった。教師の目なんてチョロイものだと健次郎は思う。しかし、幹洋たちはこの代理担任をけっこう気に入っているらしい。何ごとにかけても常にトップクラスで注目されることに慣れている健次郎には、落ちこぼれの幹洋や敬太が担任に誉《ほ》められたり心配されたりしたときの喜びがわからなかった。彼らが餅つき大会だ、お年始だと目を輝かせて金八先生の周りに寄っていくのが、健次郎には気に食わない。根は単純な幹洋たちが完全に金八先生に取り込まれてしまったら、教室内での健次郎の座が危《あや》うくなりかねないからだ。

その朝、健次郎はとくに不機嫌だった。敬太とヒルマンが楽しそうに花子先生をアパートからひっぱり出して行ったときの光景を思い出すと、健次郎の心は嫉妬《しっと》や裏切られたくやしさに煮えくりかえる。しかし、敬太の方は健次郎が自分たちを見ていたことも、まして花子先生と約束があったことも知らない。さらに金八先生の家へ行った後、ヒルマンの家で新年会があったことを知ると、健次郎は凄《すご》い目で幹洋たちをにらみつけた。

「なりゆきでそうなっちゃったんだ」

敬太がおびえながら言いわけすると、健次郎は黙っていた明彦に視線を移した。

「明彦、おまえもか」

「おれは坂本んちへ寿司《すし》届けに行ってつかまっちゃったから」

明彦がすっと目をそらしながら、なんでもないふうを装《よそお》って答える。

「そうかよ。おれがホテルなんかに缶詰《かんづ》めにされているっていうのに、おまえたちは担任の家へ新年のゴマすりに行ったってわけか」

「だから、それは……」

健次郎の声の脅《おど》すような響きに、敬太はあわてて打ち消し、幹洋《みきひろ》は叱《しか》られた子どものように黙りこんだ。険悪《けんあく》な彼らの横を、背後から近づいてきた爆音が追い越していく。ライダー小田切《おだぎり》がバイクの後ろに乗せていたのは制服の篤《あつし》だった。

「篤だ！」

驚いた幹洋と敬太が思わず後を追って走る。無口で、教師とは勉強以外の話題を口にしたことがない篤が、ライダー小田切の体にしっかりと手をまわして、生徒の群れを追いぬいていく。

「ふん、甘ったれやがって」

小さくなる篤の背を見送りながら、健次郎は顔をゆがませてぼそりと呟いた。教師たちもクラスメートも、健次郎には別世界の住人のように思われる。兄という秘密の爆弾を抱えて世間の目におびえて暮らしている兼末《かねすえ》家そのものがこの世界から浮いているうえに、父や母の存在も健次郎をあたためはしない。川べりを吹く冷たい風のように、孤独《こどく》が健次郎の心を吹きぬけていった。

一方、ゆうべ篤から登校の意志を聞いていた金八先生は、いつもより早く家を出た。自分と三Bに残された課題はまだまだたくさんあるが、新学期が幸先《さいさき》よいスタートを切ったと思うと、心がはずむ。まだ人のまばらな職員室の自分の机について、てきぱきとその日の準備をすませると、金八先生は急いで校門へ向かった。久しぶりに登校する篤を出迎えてやるためだ。

まもなく爆音が校門に走り込んで来た。小田切先生のバイクから降りてはにかんだ微笑であいさつする篤に、金八先生はくしゃくしゃの笑顔でこたえる。

「ここからは自分で歩いていきなさい」

そう言って金八先生は、篤の背中をぽんとたたいた。制服に身をつつみ、緊張した足どりで歩いてゆく篤の体は、こころなしか大きくなったように見える。

金八先生が大急ぎで職員室へ戻ると、今学期最初の朝の会議が始まった。議題は「朝の十分間読書」についてである。

桜中学でも、明日の朝から毎日一時間目の始まる前に十分間、読書の時間をもうけることになった。教師も生徒もそれぞれ自分の好きな本を持ってきて、十分間だけいっせいに読書をするのである。この「朝の読書」は十一年前に千葉県の私立高校で始められた試みで、今では全国で三千校あまりの小、中、高校に広まり大きな成果をあげていた。本や研究会でこのことを知った金八先生は、二学期の職員会議で桜中学でも「朝の読書」に取り組むことを提案し、三学期から全校で始めることに決まっていた。

ところが、いざ始める段になってみると、それをしぶる意見が、とくに三年を受け持つ先生たちの間からあいついで出てきた。入試のことで手いっぱいのこの時期に、読書などに割《さ》く時間はないというのだ。一人でも多く志望校に合格させてやりたい先生たちにとって、読書よりもドリルをやらせた方が生徒のためになるという意見はそれなりの説得力があった。そうした中、現実派の反対意見に押され気味《ぎみ》の金八先生に、救いの手をさしのべたのは数学の乾《いぬい》先生だった。

「いや、どの教科にもまして国語力がいま問われています。うまくいくいかないは別として、私はこの試みを機として、少しでも生徒たちが文章というものに親しんでほしいと思っています。社会はもちろん、数学、理科、家庭科の出題はみな日本語ですよ。ところがその意味が分からないために、とんでもない間違いを起こす例が年々多くなっている。ですから、確かに面倒《めんどう》ではありますが、私は規定方針通りやるべきだと考えています」

「乾先生！　あなた、やっぱりわかってらっしゃる。やっぱり古いお付き合いでした」

感激して今にもとびついてきそうな金八先生を、乾先生はあいかわらずのクールな表情で拒《こば》んだ。

「お付き合いはいっさい関係ありません」

乾先生の正論に反対派が口をつぐんだ隙《すき》に、校長先生が断固《だんこ》とした口調《くちょう》で結論を出した。

「再確認ができたと思うので、これでよろしいですね。私たちは教師ですが、すぐれた本には実際の教師以上の教育力があることだってあります。とくに子どもたちが読書からどんどん遠ざかっている現在、読書のもっている意味、読書のすばらしさを、私たち教師はぜひとも子どもたちに伝えていかなければならないと思っています。先生方もどうぞそのような考えで取り組んでいただきたい」

マンガ専門の遠藤先生は内心読書の時間は面倒に思い、北先生も仕事が増えることを歓迎していなかったが、教師たちはそろって神妙《しんみょう》な面持《おもも》ちで校長の言葉にうなずいた。

新学期を迎えて子どもたちのことを気にかけているのは、教師ばかりではなかった。冬休みのあいだ子どもたちの姿を目にし、声を聞くことを楽しみにしていたセンターのお年寄りたちもまた、何かにつけて子どもたちのことを心配していた。なかでも大西元校長は、学校内部の細かいことにも目を光らせ、明日からはじめられるという「朝の読書」については以前から興味を示していた。元日には金八先生の家で若い教師たちを前に気合いをみせた大西先生である。この日のためにも、自分の本棚の中をかきまわして準備をととのえていた。朝の学活の始まる少し前、大西先生はデラに付き添われて車椅子《いす》で三Bの教室を訪れた。

「おはよう、諸君！」

大西先生の太く落ち着いた声が教室に響くと、篤《あつし》のまわりにむらがっていた生徒たちもぱっと振り向いた。

「あ、おはよう、大西さん」

「お年玉、ありがとう」

金八先生の家で大西先生と会ったカオルや敏江たちが元気よく親しみをこめた挨拶《あいさつ》をおくると、それを聞きとがめたバーバラがすばやく口をはさんだ。

「え、大西さんからお年玉もらったの？」

「うん」

そばにいた力也が代わりにうなずくと、途端《とたん》に今度はアスミがかん高い声をあげる。

「私、もらってない。不公平！」

「わかった、わかった、みんなにもお年玉を持って来たから騒がない」

「やったーっ」

恵美が歓声をあげ、皆がいっせいに大西先生の周りに集まってきた。

「けど、百円だぜ、百円ぽっち」

ヒルマンが茶化《ちゃか》すと、アスミは車椅子《いす》の大西先生を見下《みお》ろしながらバカにしたふうに叫んだ。

「わっ、ケチーっ」

「なにを言ってる。みんなには百円では買えないもの、百円よりもっといいものを持って来てあげた」

「なんですか？」

好奇心に目を輝かせながらたずねる蘭子に、大西先生にぴったりと寄り添ったデラがにこにこと答えた。

「この本だって」

「本？」

「ああ。明日から朝の十分間読書が始まるだろう、だから、ぜひみんなに読んでほしいと思って、私のプレゼントだ」

そう言い終わるか終わらないうちにあちこちからブーイングが巻き起こった。みなが一個所に固まってがやがや話しているので、後から教室に来た生徒たちも野次馬《やじうま》になって次々とその輪の中へ合流する。蘭子や有里子は、大西先生が持ってきた、ていねいにカバーをかけられた古い本に興味を示してめくってみている。


健次郎は学校へ着いて教室への階段を上りながら、まだ敬太たちにつっかかっていた。敬太は健次郎が花子先生に好意を抱いていることは知っていたが、それが彼にとってどれほど特別な感情なのかは知らない。深い孤独をいやしてくれるたった一つの存在である花子先生を、目の前で横取りされたショック、つまはじきにされた怒りは、仲間にからむほどにふつふつふつとわき上がってきて健次郎自身にもどうすることもできなかった。

「おまえ、ヒルマンと一緒になって、花ちゃんの手ぇ握ったそうじゃないか」

「あれは……あれは、元日に担任の家に行くなら一緒に行こうかと花ちゃんに言われてたから」

　敬太の声がだんだん小さくなる。健次郎はそれを頭からおさえつけた。

「どっちにしてもお前たちは、おれに何の相談もしなかった」

「おれは餅つきにもセンターへは行ってねえよ」

　明彦がなんとか健次郎の怒りを逃れようするが、健次郎はどすの聞いた陰険《いんけん》な声で決めつけた。

「どっちでもいいさ、おまえらがこれまで何をやって来たか、内申書にありのまま書いてもらいてえのなら、無理しておれのダチでいることはねえんだ」

「誰も変なこと言ってねえよ」

　素直な幹洋《みきひろ》はすっかりおびえて言った。

「だったら、金八の大好きなセンターのやつらに、ジジイ、ババアって言ってみろ。あんな八方美人の担任なんかに三Bを仕切られてたまるか。チョロチョロしたら中野の二の舞いにしてやる」

同じ担任とはいっても、幹洋にとって中野先生と金八先生はまったく違った存在である。いつものようにすごんだ健次郎の言葉に対して、口下手《べた》な幹洋はそれでも小さくつぶやいた。

「そうはいかないと思うけど」

「なんだと」

健次郎の瞳《ひとみ》がぎろりと暗く光る。その迫力に圧倒されて、敬太も幹洋も明彦も、ただ健次郎の怒りの下に小さくなった。

そのとき、二階から階段を降りてきた花子先生が、健次郎の姿を見つけてはずんだ声を投げかけた。

「おはよう!　というか、おめでとう、みんな元気だったかな」

「はい」

そっけなくそう言うと、健次郎は憮然《ぶぜん》とした表情で花子先生の横を通りすぎた。いつもなら甘い微笑をいっぱいに浮かべて駆け寄ってくる健次郎の変貌《へんぼう》に、花子先生は首をかしげた。健次郎の仲間の三人もふだん「花ちゃん、花ちゃん」とうるさいくらいにまとわりついてくるが、健次郎に気をつかっているのか、困ったように黙りこくって健次郎の後につづいた。

あの餅つきの日、どんな思いで健次郎がわざわざ寄り道して花子先生に会いにきたか、受験合宿の終わった日、健次郎がどんなに心を躍《おど》らせて花子先生の自宅へ走って行ったか、花子先生には知るよしもない。さらに、餅つきの日、健次郎が帰った後に起きた洋造老人の事故、三Bの生徒たちに引っ張られて行った金八先生の家での新年の集まりなどがあって、花子先生は健次郎と初詣《もう》でに行く約束をしたことはすっかり忘れている。それは、健次郎の目には大きな裏切りと映《うつ》った。

健次郎たちが重い足どりで教室にやってくると、デラがちょうど大西先生の車椅子《いす》を押して出るところだった。

「お、すべり込セーフだな。新学期そうそう遅刻はいかんぞ」

親しげにそう注意する大西先生の横を通り過ぎざま、不機嫌な健次郎は小さいが鋭い声で突き刺した。

「うっせえな」

「そのうるさいところが年寄りの値うちなのさ。良薬口に苦《にが》しと言ってね、耳ざわりなこともあとできっと役に立つ」

大西先生は笑顔のまままっすぐこちらを見て言った。健次郎はその言葉を無視して通り過ぎ、生徒の群れの後ろにまわりこむと、幹洋《みきひろ》の尻《しり》を蹴《け》った。やれ、の合図だ。道みちずっと健次郎に脅《おど》されてきた幹洋は、仕方なく、わざと反抗的な態度で大西先生に言った。

「そういうのが、うざってえの」

「なんだね、そのウザッテエノとは」

大西先生の目が急にきびしくなって、幹洋はどきりとするが、背中に痛いほど健次郎の視線を感じて後に引くことができない。すると、お調子者の照孝《てるたか》が代わりに答えた。

「ガタガタ言うなってこと」

「ガタガタなど言っとらんよ」

大西先生は落ち着いた口調《くちょう》で一歩もひかない。事が大きくならなければいいと願う幹洋の願いとは逆に、アスミまでがあおるように口を出した。

「ホラもう、くせえんだよジジイは」

「よせよ、じっちゃんに」

抗議するデラをアスミは馬鹿にしたように見た。

「じっちゃん、じっちゃんて、デラのじっちゃんじゃねえだろ」

「そうそう、甘やかすんじゃねえの」

照孝は目の前に新しいスケープゴートを見つけて、はしゃいでいた。自分たちに説教じみた言葉をかけるこの老人を馬鹿にした言葉を吐《は》くと、なんだかわからないが自分が気の利《き》いたことを言っているような気がした。その照孝とちがって、餅つき大会や金八先生の家で話をしてもらったり、また自分たちの話を聞いてもらったりもした敬太と幹洋は、大西先生に好意を抱きこそすれ、憎む気持ちはまったくない。この一見こわそうな、静かで貫禄《かんろく》のある老人と話をすることは、自分に一目《いちもく》おかれたようでなんとなく誇《ほこ》らしい気にさえさせられた。しかし、背後に立った健次郎に蹴られると、敬太もまた追いつめられて機械的に憎まれ口をたたく。

「センターに帰んなよ。なあ幹洋」

「帰んな帰んな、やばくなっても責任負えねえから」

不遜《ふそん》な態度を装《よそお》ってそう言い放《はな》つのが、幹洋と敬太の大西先生に対するぎりぎりの愛情表現だった。大西先生の顔はこわばった。

「行こ、じっちゃん」

デラがふくれっ面《つら》で幹洋たちをにらみつけ、車椅子《いす》を押して出ようとする。ところが、大西先生がそれを止めた。

「待ちなさい。年長者に対してこういう口のきき方は許されない」

「許されないいったってね」

敬太は焦《あせ》っていた。背後の健次郎の恐ろしさ、歯車ひとつが狂って暴走をはじめたときの三Bのこわさを思うと、一刻《いっこく》も早く大西先生をこの教室から出してしまいたかった。

「いや、注意すべきことを注意しなければ、人としての役割が果たせないんだ」

大西先生はきびしい表情で、かたくなにその場を動こうとしない。

「いいんだよ、そんなものは！　頼むから早く行っちゃってくれよ」

敬太の奇妙な懇願《こんがん》を理解するものは、幹洋と明彦のほかにはいない。敬太が大西先生にケンカを売っていると思った敏江は、さすがにたしなめるように敬太のそでをひいた。

「よしなってば」

「敏江なんか、ひっこんでろ」

「そうよ、お年玉、えこひいきしたくせに」

アスミと由佳が軽蔑《けいべつ》をこめてそう言うと、照孝がその言葉にとびついた。

「えこヒイキ、はーんたい」

「よせってば」

後ろから出てきて大西先生に群がる生徒たちをその場からひきはがそうとする邦平をはねのけて、彼らは叫んだ。

「はーんたい！　はーんたい！」

そのタイミングをうまくつかみ、健次郎が手拍子《てびょうし》をとってシュプレヒコールをうながす。

「反対！　反対！」

あっという間に教室は悪意のシュプレヒコールの渦《うず》にのみこまれた。

「反対！　反対！」

大西先生の顔が青ざめる。

「ナンマイダー！　ナンマイダー！」

お寺の息子のヒルマンが、ふざけておおげさに大西先生を拝《おが》んだ。

「くさいの、くさいの、死んじまえー！」

ヒルマンのしぐさを見てバカ笑いながら好太がそう言った時、大西先生がその手首をぐいとつかんだ。好太がぎょっとして口をつぐむ。思わぬ大西先生の動きに、近くにいた者たちも思わず茶化《ちゃか》すのをやめて大西先生を見つめた。始業のチャイムが鳴りはじめた中、大西先生はまっすぐに好太を見すえたまま口を開いた。

「死ね、と言ったね、今」

「言った」

戸惑《とまど》いながら答える好太に、大西先生は気迫《きはく》のこもったかすれた声で言った。

「では、死のうじゃないか」

「大西さん……！」

ちはるが悲鳴のような声をあげる。びっくりした好太はあとずさりしようとするが、大西先生はその手をがっしりとつかんだまま、放そうとしない。

「人には言っていいことと悪いことがあるんだ。それがわからなければ、どういうことになるか、私が死んで教えてやろう」

その鋭い眼光《がんこう》に金縛《かなしば》りにあったかのように、好太はひとことも言えずに大西先生の前に立っている。そして、その場にいる生徒たちも、大西先生の気迫にただ棒立《ぼうだ》ちになっている。

「私はもう充分生きた。したがってこれが生きた教材になれば本望《ほんもう》だ。その代わり、私一人では死なない、君も一緒だよ、いいな」

重々《おもおも》しい声でそう言って、大西先生はつかんだ好太の手首を引き寄せた。

「わぁーっ」

パニックに陥《おちい》った好太はわけのわからない叫び声をあげながら、大西先生の手を力いっぱい振りほどいた。はずみをくらって、大西先生は車椅子《いす》ごと倒れ、床に投げ出された。車椅子のたてる金属音とともに、大西先生が頭を打ちつけた鈍い音がする。

「じっちゃん!」

デラが無惨《むざん》に倒れた大西先生の体にとりすがった。恐怖のあまり瞬《まばた》きもせずその姿を見つめる好太の全身に震《ふる》えがはしり、次の瞬間、好太は叫び声をあげながら教室を走り出て行った。

「好太ーっ」

敬太とヒルマンが慌《あわ》ててその後を追う。ちょうど学活を始めようと、廊下の向こうから金八先生がやってくる。

「どうした、好太」

狂ったように走ってくる好太の様子に驚いて金八先生がたずねるが、その横を好太は叫びながら走りぬけて行った。その後を敬太に続いて追って行きながら、ヒルマンが叫んだ。

「先生、大西さんが！」

ただならぬ好太たちの様子に金八先生は教室に走り込み、倒れている大西先生と、とりすがったまま泣き叫ぶデラ、オロオロと二人をとりまく生徒たちを目にして息をのんだ。大西先生のそばに走り寄り、ひざまずいて息があることを確かめると、金八先生は大声で叫んだ。

「救急車！　それと本田先生！」

「はいッ！」

修三がわれに返ったように返事をして飛び出して行った。

かたわらで不安そうに大西先生の顔をのぞきこむ邦平にそう言い捨てると、金八先生は

「こっちを頼む」

好太を追って再び教室を出た。

わめきながら、好太は階段を上へ上へとのぼりつめ、屋上へ出た。敬太とヒルマン、金八先生も必死で駆け上って来る。金八先生が風の吹きぬける屋上へ出たとき、好太は金網《かなあみ》

を背にはりついて立っていた。

「来るなーッ、誰も寄るなーッ」

パニックに顔を引きつらせて人相《にんそう》の変わった好太が叫ぶ。

「落ち着けよ、好太！」

ヒルマンが近づこうとすると、好太はいっそう悲痛《ひつう》な金切り声をあげた。

「来るなーッ」

「好太！」

そう呼びかける敬太は、半泣《はんな》きになっている。

「好太、落ち着きなさい」

そう呼びかけながら、金八先生は好太から視線をはずさずにゆっくりと歩み寄る。好太が泣きながら吠《ほ》えた。

「ふざけてたんだ、おれ、本気で言ったんじゃねえ！」

「わかってるよ、お前は本気でバカなことを言う奴じゃない」

金八先生はなだめるようにうなずいて好太に手をさしのべる。

「オレも一緒にふざけたんだからさー」

「頼むから、好太」

ヒルマンも敬太も必死で呼びかけるが、好太は落ち着くどころかますます追いつめられていく様子だ。

「大西さんが、大西さんが死んじゃうよーッ」

「大丈夫、いま救急車が来る。だから」

「けど、大西さん死ぬと言った！」

「好太」

金八先生が呼びかけると、好太はめちゃくちゃに頭を振って金網に手をかけた。

「来るなーッ」

金八先生に歩み寄られ、逃げ場をなくした好太は金網をよじのぼりはじめた。好太の体重で金網がたよりなく揺れる。

「やめろ！　落ちたら死ぬーッ！」

「やめなさい！　金網を登り切ったらあとはもう何もないんだ！」

ヒルマンと金八先生が同時に叫んだ。が、好太は上までのぼると金網にまたがるように足をかけた。思わず、敬太がその足にとびつく。

「好太、好太、オレが悪かったよ！」

健次郎に命令されて自分が口火《くちび》を切っていなければ、好太だってあんな憎まれ口はたたかなかったのだ。もし、大西先生も好太も死んだら、と思うと、敬太は泣きながら必死で好太の制服をつかんでひっぱった。ヒルマンも加勢《かせい》する。

「ダメだー、放せ！」

好太がもがいて暴れたせいで、金網が激しく揺れ、がくっと衝撃があって片側の止め具がはずれた。好太の体は金網とともにバランスをくずして大きく宙《ちゅう》にかしいだ。まっ逆《さか》さまに落ちれば、確実に命はない。ヒルマンと敬太と金八先生は必死で好太の体をつかもうとするが、肝心《かんじん》の胴の部分に手が届かない。金網にきつくからませた好太の指が真っ白になっている。

金八先生たちを探して屋上に現われた遠藤先生と小田切《おだぎり》先生が、驚いて走り寄ってきた。遠藤先生はものも言わずに金網にはりついた。

「登れ、小田切！」

小田切先生は、すばやく遠藤先生の体を足場《あしば》にして好太の体を確保《かくほ》した。とっさにそれを真似《まね》る敬太の肩にヒルマンがよじのぼり、小田切先生とともに金網をわしづかみにしている好太の指を一本一本はがす。

「坂本先生、受けてください！」

小田切先生がそう叫んで、ヒルマンと共に好太の体を金八先生の方へ向けて突き落とす。仰向《あおむ》けに落ちてきた好太の体をかろうじて受けとめると同時に金八先生はその場に倒れた。

「よかった、よかった」

金八先生はただそう繰り返し、好太の体をかきいだく。敬太は安堵《あんど》のあまりその場にへたりこんでしまった。二重、三重のショックで好太は全身の震《ふる》えがとまらない。

「好太！　好太！　しっかりしろ」

保健室へ運ぼうと、ライダー小田切の手を借りて金八先生が好太を背負うと、ズボンからしずくが落ちた。失禁《しっきん》したのだ。ヒルマンが制服をぬごうとするより早く、遠藤先生が自分のジャンパーをさっとおぶわれている好太の腰に巻きつけた。

救急車がやってきたらしく、サイレンの音が近づいてくる。一階にある保健室まで、好太を背負って足早に階段を降りる金八先生を、小田切先生と遠藤先生が守るように寄り添い、ヒルマンと敬太は痙攣《けいれん》する好太のズボンのすそから伝《つた》い落ちた小便のしみを、泣きながら上履《うわば》きでこすって付いていく。

保健室のベッドに寝かされても、好太の震《ふる》えはなかなか止まらなかった。校庭から大西先生を乗せた救急車が出て行く音が聞こえてくる。

「おれも病院に行く、じっちゃんのところへ行く」

ベッドから暴れて起き上がる好太を、金八先生と本田先生が押さえつけてなだめようとするが、好太はもがいて泣き叫んだ。

「おれが殺した！　おれが死ねと言ったぁ！」

「大西先生は死んでいません。救急車で病院に連れて行ってもらったの。だから……」

本田先生の説明は好太の耳にはとどかない。

「おれも行く、じっちゃんのところへ行く」

そう言いながらあばれる好太の体の上に、金八先生がおおいかぶさった。

「好太……」

部屋の隅《すみ》ではヒルマンが手を合わせたまま不安そうにしゃくりあげ、その横で敬太も唇をかみしめ、拳《こぶし》で涙をぬぐっている。入って来た乾《いぬい》先生と花子先生も口出しできない雰囲気に、無言のまま好太と金八先生を見つめている。

「好太……好太……好太……」

胸の下にしっかりと好太の体を抱いたまま、その耳元で金八先生は呪文《じゅもん》のように名前を呼びつづける。金八先生の肩にしがみついた好太の手から、次第《しだい》に力が抜けていく。激しくしゃくりあげながら目を閉じる好太に、金八先生は幼い子を眠らせようとするかのように静かに名を呼びつづけた。

好太の体からやっと力が抜け、ふるえが止まったころ、電話のベルが鳴った。花子先生がぱっと出て、一同が緊張して耳をすます。電話は大西先生に付き添って救急車に乗り込んで行ったセンターの田中からだった。レントゲンの結果が出たらしい。好太は目を開け、虚脱《きょだつ》したように天井《てんじょう》を見つめた。

一方、修三と三郎、健次郎、幹洋《みきひろ》が救急車を呼びに走り、大西先生が運び去られた後も、三Bの教室は騒然としていた。金八先生は敬太とヒルマンの後を追って行ったきり、なかなか戻ってこず、大西先生の容体《ようだい》もわからない。落ち着かない中、一同は罪の意識と不安でだんだんに青ざめてきた。大西先生をのせた救急車が遠ざかる音が聞こえると、だしぬけに慶貴《よしたか》が言った。

「それじゃあ、僕は帰る」

「待てよ」

カバンを手にした慶貴を邦平がにらみつける。

「私も帰して」

率先《そっせん》してはやしたてていたときとは別人のようにこわばった表情で、アスミもカバンを持った。

「帰るな。坂本先生が戻るまでみんな教室で待つんだ」

めずらしく強い口調《くちょう》の邦平に、慶貴が言い返す。

「けど、おれは何もしなかったし」

「なら、私だってしなかった……」

おびえた瞳《ひとみ》の有里子《ゆりこ》もそうつぶやくと、たちまち教室中に責任を逃《のが》れようとする声が波うつ。再度、邦平は一喝《いっかつ》した。

「だめだ！　全員、先生を待つんだよ！」

邦平がドアを背にして出入口をふさぐと、力也もぬっとその隣りに立ち、慶貴をにらみつける。おろおろしている美佳子たちが見ると、後ろのドアには友子が立ちはだかっていた。

「ね、私は先生を待つけど、どうなるの」

今にも泣き出しそうな蘭子を、友子は射《い》るような視線で見返した。

「学級委員だろ、好太のこと心配じゃないのかよ」

その言葉にさすがに逆《さか》らえる者はなく、なんとかこの場を逃れたいと思っていた者も、あきらめてがっくりと座り込んだ。やがて、邦平の後ろのドアが開き、修三、三郎、幹洋、健次郎が戻ってきた。大西先生に取りすがって泣いていたデラは、先生たちも引き離すことができなかったのか、付き添って行ったらしく戻らなかった。皆が修三たちを質問ぜめにするが、彼らも知っているのは大西先生が骨折していることだけだった。運ばれていく間じゅう、大西先生は目を開けなかった。しつこく容体《ようだい》を聞いてくる女子たちに、三郎は怒鳴り返した。

「オレたちには分かるわけねえじゃねえか！　車椅子《いす》ごと倒れたんだからええことになってんだあ！」

「死ぬなんてこと、ないわよネ」

バーバラがおそるおそる言うと、雅子がヒステリックに叫んだ。

「変なこと言わないッ」

だれもが不安と苛立《いらだ》ちをけんめいにこらえている中、健次郎だけが落ち着いててきぱきと無駄のない動きをしている。幹洋は健次郎と目をあわせないようにして席についた。センターでは、救急車を見送った老人たちが、大西先生を心配して黙りこくっていた。

「くそっ、悪ガキどもが！」

思わず洋造が椅子《いす》を蹴ると、こらえきれずにキヨが嗚咽《おえつ》をもらした。

Ⅳ　人間の約束

三度目の事件を引き起こした3Bを前に、自らの教師生命をかけ、金八先生は「人間の約束」の重さについて全身でせまり、語った。

ずいぶん長い時間がたったような気がして、やっと金八先生が三Bの教室に戻ってきた。泣きはらした目のヒルマンと敬太も一緒だ。生徒たちはいっせいに金八先生の方を向き、その無言で厳《きび》しい表情を見ると、神妙《しんみよう》に席に着いた。健次郎は、やはり黙って席についた敬太が自分と目を合わさないようにしているらしいのが少し不安である。

教壇の上からは、五十六の瞳が固唾《かたず》をのんで金八先生の言葉を待っているのがよく見えた。金八先生の心は鉛《なまり》を飲みこんだように重かったが、ひと呼吸おくとつとめて冷静な口《く》調《ちよう》で切り出した。

「中間報告をします。好太は目下《もつか》、保健室で休ませている。大西さんはレントゲン検査の結果、鎖骨《さこつ》骨折と肋骨《ろつこつ》に二本ヒビが入っているそうだ」

幾人かがぱっと手で顔をおおい、何人かが痛ましそうに顔をしかめた。

「はずみで頭を打ってらっしゃるので、このあと脳の精密検査をします。今はセンター長さんとデラが付き添っている」

心配そうな顔と、命に別状《べつじよう》はなさそうだと聞いて安堵《あんど》する顔が見える。慶貴《よしたか》の表情はもう事件はすんだことを語っていた。今はショックに顔をこわばらせてはいても、しばらくすれば三Bはこの事件を忘れるか、あるいは忘れた振りをしているだろう、と金八先生は思う。中野先生のときのように。

　今回の出来事も、中野先生のときや北先生のときと同じパターンだ。三Bはまた性懲《しょうこ》りもなく、繰り返すだろう。そして、この教室を出ていってからも、平然と繰り返し人を傷つけつづけていくのだろうか。大西先生の容体《ようだい》がわかって少しゆるんだ教室の空気を苦々《にがにが》しく眺めていた金八先生は、内心では懸命に自分を励《はげ》ましながら生徒たちに言った。

「みんなも新学期そうそう居残《いのこ》りになって気の毒だけど、新学期そうそう、いや、新年そうそうだからこそ、今度のことはみんなできちんと整理しておきたい」

　金八先生の声の深刻な響きに反応して、教室は再びしんとなる。やっと感情を抑《おさ》えながら、金八先生は続けた。

「あらましは保健室でヒルマンに聞いた。しかし彼も好太同様かなり動転《どうてん》しているから、全体像がしっかりつかめない。何がどうだったのか知っている者から教えてください」

　こちらを向いていた目が、いっせいに金八先生の視線を避けるように伏せられ、教室を重い沈黙がつつむ。金八先生は語気《ごき》を強めた。

「また黙り込むのかね、君たちは。中野先生のときのように。あれだけの騒ぎが起きたのに、まさか気づきませんでしたと言うのではないだろうね」

それでも沈黙が続くと、学級委員の蘭子がやっとおそるおそる立ち上がった。

「はじめ、大西さんは明日から始まる朝の十分間読書の本を持って来てくれたんです」

そのあと、蘭子の言葉は続かない。いつもだったら金八先生は生徒から話を引き出すとき、優しい共感の微笑を浮かべるものだ。しかし、今日の金八先生は、厳《きび》しい表情のままこちらを見すえている。

「なるほど。そのお礼に三Bは〝死ね〟と大西さんに言ったわけだ」

「ちがうよ、あれはハズミで」

反射的に打ち消した祥夫《よしお》に、金八先生は間髪《かんぱつ》いれず聞き返した。

「ハズミ？　何のハズミだね」

美佳子がなだめるような口調《くちょう》で説明する。

「私たち、元日に先生の家へ遊びに行った者は大西さんたちからお年玉をもらったので、お礼を言ってたんです。それがそのうち変なことになってしまって」

「変なこと？」

「だから、もらわなかったというか、先生の家に行かなかった子がエコヒイキだって騒いだり、からかったりしはじめて……」

代わりに答えた敏江も、そこで言葉を切った。口を開くだれもが、事件の核心を避け、保身《ほしん》に懸命《けんめい》になっているように見えた。おびえた三Bたちは必死で互いをかばいあい、申し合わせたように事件をなんでもない〝はずみ〟に置き換えようとしている。

「ごめんなさい、僕が止めるべきだったんだけど、騒ぎだすと三Bはすぐに調子に乗る者がいて、それで大西さんも本気で怒ったみたいで、だからみんなもわざと騒ぎを大きくしたみたいなところがあって」

責任を感じて立ち上がった学級委員の修三がつかえながら説明するが、それを受け止める金八先生の言葉は容赦《ようしゃ》ない。

「そうすると、大西さんはみんなに死ねと言われて本気で怒ってはいけないのかね」

「好太はいつもの調子で、死ねと言ってしまったけれど、あの時、好太が言わなくても誰かがきっと言ってたと思う」

しゃくりあげながら真規子が言った。

「だから好太は悪くないのか」

「そんなことない、死ねなんて、どんな子でも言っちゃいけなかった」

涙のなかからやっと有里子がそう言った。

「そうだね。多分みんなわかってるんだ。他人に向かって死ねなんて絶対に言ってはいけない。でも、わかっていながらつい口から出てしまうということは、肝《きも》に銘《めい》じていないからだ」

「でも、今日はみんな肝に銘じています」

みんなの代わりに懸命に答えたのは邦平だった。心臓の発作《ほっさ》を何度も起こし、三Bではもっとも死を身近に感じている邦平の口から死ねという言葉は出てこないに違いない。けれど、金八先生は邦平の生真面目《きまじめ》な顔から教室全体に視線をすべらせて言った。

「ほんとうかな。大西さんは君たちにそのことを教えたくて死んでみせるとおっしゃったんじゃないかな。それかどんなに許せないことなのかを、命を賭けて教えようとしてくれたんじゃないのか」

声をつまらせながら、サオリが思わず言った。

「私、こわかった……本気になられたことって、すっごく」

教室の静けさで、サオリの素直な言葉に皆が共感しているのがわかる。

「ああ、一番こわかったのは好太でしょう。調子に乗ってふざけていた。そしたら大西さんが倒れて大変なことをしてしまったと思い、パニックを起こして逃げ出した。……あの時、私は一瞬迷ったよ、大西さんの状態を確かめるべきか、それとも好太を追うべきかとね。けど好太のただならない様子に、私は大西さんの確認を後まわしにして、好太の方を優先した。あれはとっさの判断ではあったけれど、私はこのあと大西さんに対して申しわけない思いを一生持ち続けることになるだろうね」

生徒たちは黙って、金八先生の苦しげな表情を見守っている。

「しかし、それは私の心の問題だ。屋上では遠藤先生と小田切先生、和憲《かずのり》と敬太が力を貸してくれた。死にもの狂いでパニックになった好太を金網のてっぺんから引きずりおろした。もし、四人がいなければ、逃げ場を失った好太は、地面に落ちて死んでいたでしょう」

カオルが悲鳴のような声で泣きはじめ、ヒルマンはこらえきれずに机に泣き伏した。敬太はじっと自分の膝《ひざ》を見つめたまま動かない。そんな敬太の様子を健次郎はちらちらとうかがっている。

「その間、教室では何人かがセンターの人と一緒に大西さんを救急車へ運んでくれた者がいたんだってね」

「学級委員と三郎と幹洋《みきひろ》と、僕たちただ夢中で」

失地《しっち》回復の機会を逃《のが》すまいと、健次郎が背筋をのばし、神妙《しんみょう》な口ぶりで答えた。

「そうか、ありがとう」

「いえ」

いい子らしく答える健次郎に、幹洋《みきひろ》と明彦は驚きと憎悪《ぞうお》でいっぱいの目を向けた。

「あとは、関係ねえって帰ろうとした奴を、邦平と力也がおさえてくれた」

友子の報告に、蘭子があわてて謝まる。

「ごめんなさい、私が学級委員なのに」

「そんなことは関係ない」

友子はそちらを見もせずに、蘭子の言葉をスパッと切り捨てた。背中に友子の鋭い視線を感じたのか、慶貴《よしたか》がおずおずと立ち上がった。

「僕は」

「どうした?」

しかし、慶貴は金八先生の視線を避け、出かかった言葉を口の中にのみこんで、またストンと座った。帰ろうとした奴というのが誰なのか、無口で手の早い正義感である力也がどんなふうに慶貴の前に立ちふさがったのか、金八先生には目に見えるようにわかった。

「うん。じゃあ、慶貴も一緒に考えてくれな」

そう言って金八先生は黒板に向かうと、チョークを取った。

約束

金八先生が書いたのは、この二文字だった。

「人と人が信頼し合うという基本には、この約束を守るという前提《ぜんてい》があります。しかし、時には出来る約束と出来ない約束があります。はじめっから出来もしない約束をすることは詐欺《さぎ》だよね。だから、自分に出来ること出来ないことを考え、簡単に約束をしてはいけない。その時はたとえひどい奴だと思われても、これは誠意の問題です。けれど、いったん約束したものは人として守らなければならない。子どもの指切りゲンマンだって、約束破ったら針千本のむという契約があるでしょう」

「……はい」

修三が黙りこくったクラスメートを代表するかのように返事をする。黙って耳を傾ける生徒たちを前に、金八先生の話はゆっくりと過去をさかのぼった。

「では三カ月前のことを思い出してほしい。私が中野先生の代わりにはじめてこの教室に来た時のことです。中野先生はケガをされて入院された」

いくつかの目が無意識に宙《ちゅう》を泳いだり、足もとに落ちたりする。

「ケガの原因はいっさいおっしゃられなかったが、中野先生が退院されたとき、わざと死を願うような花束を送って中野先生の心を踏みつぶした者が出た」

篤《あつし》と健次郎はハッとしたように金八先生の顔を見つめ、生徒たちの間に緊張が走った。

「あの時、私はみんなに言った。私は君たちの魂を踏みつぶさない、私もまた踏みつぶされたくない。このクラスから、心を育てず魂をゆがませる嫌がらせは追放しようと約束したね」

「はい」

相変わらず、返事をするのは修三の声だけだった。みな、嫌な予感に押さえつけられて、声を出すことができないのだ。

「もしこの約束を破った時、再び人の心を踏みつぶす者が出た時、私はそいつをぶっ飛ばすと約束したね」

金八先生のちょうど目の前に座っている恵美が、心配そうに担任を見上げる。

「それから三カ月です。この正月、大西先生は桜中学の若い先生たちと話をされて、一人の年寄りとして、その知恵と経験を生かして、少しでも巣立っていく君たちの役に立ちた

いのちと愛の尊さを 教え勇気を与える 3年B組 金八先生シリーズ

●各書名の上の番号はＩＳＢＮ（国際基準図書番号）です。ＩＳＢＮ4-87498の次に各番号をつけると、その本のＩＳＢＮコードになります。
●各書名の上の★は日本図書館協会、☆は全国学校図書館協議会の選定図書です。

021-X
1 十五歳の愛 971円
十五歳にも愛はあり愛の結晶もできる。だが、その代償はあまりにも大きい。愛をつらぬこうとする二人を見守る金八先生。

022-8
2 いのちの春 971円
十五歳で母となった雪乃。受験に失敗した兄。生死の明暗に彩られながら、厳しい十五歳の春を生きる中学生と金八先生。

023-6
3 飛べよ、鳩 971円
生徒も人間なら、教師も人間。つらいことは山ほどある。それでもお互い、ただ一度の人生、北風に命をさらして歩いてこう。

024-4
4 風の吹く道 971円
受験の季節は厳しくとも、中学生たちは生きている。それぞれの境遇を背負い、今日も金八先生と中学生たちは歩いていく。

025-2
5 旅立ちの朝 971円
反発しあっていた優と悟にも、いつしか暖かい友情が芽生えた。いよいよ旅立ちの朝を迎えようとしたとき、大事件が…。

026-0
6 青春の坂道 971円
結婚し、父となった金八先生。かつての中三も高三に。その中の一人が自衛隊志願を言い出し、胸を突かれた金八先生は…。

027-9
7 水色の明日 971円
愛娘の急病で不安におののく金八先生の目に突き刺さった教え子のイレズミ！二重の衝撃に耐え、金八先生が見たものは。

099-6
8 愛のポケット 971円
心が渇いたときは思い出してくれ、先生のポケットの中の愛を。息苦しい中三の秋を、今日も金八先生は生徒と共に歩く。

☆ 100-3
9 さびしい天使 971円
飲んだくれの父を持つ少女。父母が離婚した少年。母に管理された少年。その固く閉じた心の扉を金八先生はどう開いたか。

☆ 102-X
10 友よ、泣くな 971円
母は失踪、父も亡くした少女。クラスでただ一人、受験に失敗した子。彼らを支えつつ、共に歩む金八先生と生徒たち。

☆ 170-4
11 朝焼けの合唱 971円
愛妻を失った打撃から、やっと立ち直った金八先生が、桜中学に戻ってきた。だが待っていたのは、不登校といじめだった。

☆ 173-9
12 僕は逃げない 1,165円
15年前、金八先生の「愛の授業」に励まされて誕生した命。だが、それが今やいじめの標的に。苦悩する父と母、金八先生は…。

174-7
13 春を呼ぶ声 971円
少女は荒れていた。その心の闇の奥に何がひそんでいるのか、金八先生は知らない。だが、ついに少女は心の扉を開いた。

204-2
14 道は遠くとも 952円
わが子幸作が無断早退？ 悩む金八先生をある夜、〝おやじ狩り〟が襲う。スキャンダルの臭いをかぎつけたマスコミが…。

228-X
15 壊れた学級 1,000円
先生に集団暴力をふるい、崩壊寸前となった3年B組。突然の担任となった金八先生は、この危機にどう立ち向かうのか？

230-1
16 哀しみの仮面 1,000円
学級のボス、健次郎。だが彼も、人には言えぬ深い闇を抱えていた。優等生の仮面の下に隠された哀しみを見た金八先生は…。

235-2
17 冬空に舞う鳥 1,000円
またも〝壊れた学級〟に戻った3B。集団ヒステリーに陥った3Bの前に、金八先生は〝教師生命〟をかけて立ちはだかった。

020-1
さらば、悲しみの性
河野美代子著　1、100円
若い性の悲劇はなぜ後をたたないのか!?　性への無知・軽視・誤解の克服をめざして、医療の現場から発した率直な提言。

206-9
いのち・からだ・性
河野美代子著　1、400円
恋愛、妊娠の不安、セクハラ…性の悩みや体の心配。悩める十代の質問に『さらば、悲しみの性』の著者が全力で答える！

146-1
性・かけがえのない
高文研編集部＝編著　1、300円
無責任な性情報のハンランする中、作られた嘘と偏見を打ち砕き、若い世代の知るべき〈人間〉の性の真実を伝える。

187-9
新編 愛と性の十字路
梅田正己著　1、300円
成女儀礼・婚礼・出産・子育て・主婦・老いと死など、第一線の女性研究者が描き出す日本の民俗にみる〝女の一生〟！

213-1
さらば、哀しみのドラッグ
水谷　修著　1、100円
ドラッグの真実を知れ！　薬物依存症の若者を救おうと苦闘しつづける高校教師が、全力で発するドラッグ汚染警告！

114-3
高校生おもしろ白書
『考える高校生』編集部＝編　900円
高校生が作った川柳200句と、身近のケッサク小話116編。笑いで綴る現代高校生の自画像。〈マンガ・芝岡友衛〉

115-1
高校生活ってなんだ
金子さとみ著　950円
演劇や影絵劇に熱中し、遠足や修学旅行を変え、校則改正に取り組んで、その高校時代を全力で生きた高校生たちのドラマ。

118-6
高校生が答える同世代の悩み
高文研編集部＝編　950円
大人なら答えに窮する難問も、同じ悩みを悩んだ体験をテコにズバズバ回答。質問も回答も率直大胆な異色の悩み相談。

119-4
高校が「泥棒天国」ってホントですか？
高文研編集部＝著　1、100円
校内の盗難、授業中のガム、いじめ、体罰問題など、高校生自身の意見で実態を明かにし、問題発生の構造をさぐる。

175-5
進路　わたしはこう決めた
高文研＝編著　1、200円
進路選択は高校生にとって最大の課題。迷い、悩みつつ自分の進路を選びとっていった高校生・OBたちの体験記。

201-8
あかね色の空を見たよ
堂野博之著　1、300円
小5から中3まで不登校の不安と鬱屈を独特の誌と絵で表現、のち定時制高校に入り、希望を取り戻すまでを綴った詩画集。

222-0
若い人のための精神医学
吉田脩二著　1、400円
思春期の精神医学の第一人者が、人の心のカラクリを解き明かしつつ「自立」をめざす若い人たちに贈る新しい人生論。

085-6
人はなぜ心を病むか
吉田脩二著　1、400円
精神科医の著者が数々の事例をあげつつ、心を病むとは何か、人間らしく生きるとはどういうことか、熱い言葉で語る。

216-6
学校はだれのもの!?
広中建次・金子さとみ著　1、400円
高校生の自主活動を押しつぶすのは誰か。兵庫・尼崎東、京都・桂、埼玉・所沢高校生徒たちの戦いを詳細に描く！

151-8
学校はどちらって聞かないで
青年劇場＋高文研＝編著　1、000円
なんで高校によって差別するの？『翼をください』の舞台に寄せられた高校生たちの痛切な声と、演じる役者たちの共感。

◆高校生と高校の先生たちのための月刊誌！

月刊 je pense ジュ・パンス

「ジュ・パンス」はフランス語で「私は考える」の意。旧誌名は「考える高校生」

週刊誌大、32ページの小さな月刊誌です。でも、全国の高校生、高校の先生たちのイキのいい声がいっぱいのっています。進路や生き方、社会について、高校生活・高校教育について、生徒と先生が共に読んでゆける雑誌です。

●——おもな内容
特集（ルポ、座談会、アンケートなどによる高校生活の探求）／高校生に伝えたいひとつのこと／Q＆Aこの問題どう考える？／若い世代と考えたい、いのち・からだ（回答・堀口雅子）／チャレンジ文化祭／手記・高校生心の風景／高校生川柳・短歌うでくらべ他

〔お申込みの方法〕

◆**購読料**——1部1年間2650円（消費税・送料とも）

◆**申込み方**
本誌は原則として通信購読制です。住所、氏名を購読申込み票に記入の上、代金分の切手を添えてお申込みください。

◆**申込み先**
〠101-0064千代田区猿楽町2-1-8
高文研「ジュ・パンス係」

※書店でもご注文できます。下の短冊を切ってお近くの書店へ。

読者の声

『ジュ・パンス』を社会の授業に読ませてもらっています。毎週土曜日の現代社会の時間が『ジュ・パンス』の時間なので、いつも土曜日の社会は好きです。私は新聞や雑誌をほとんど読まないので、高校生にもなって世間を知らないなんて恥かしいな……と思っていました。ですから先生が『ジュ・パンス』を扱ってくれたのはとてもうれしく、毎号の『ジュ・パンス』に感謝しています。

これを読んでいると、自分と同じような考えをもっている高校生が同じ日本にいる……なんて、うれしくなったりすることがしばしばで、悩みも解消できます。それに、世界のニュースも、すんなりと読めるし、クロスワードで教養(?)を深めることもできるし、今の私に欠かせない存在です。

（静岡・県立高校生／松浦和子）

購読申込み票

お名前	お送り先（または書店印）〒
月号より　　部　　年間	

◇この出版案内の表示価格は本体価格で、別途消費税が加算されます。ご注文は書店へお願いします。当社へ直接ご注文の際は、送料（一律300円）プラス消費税を添えて、お申し込み下さい。ただし、5冊以上のときは送料をサービスいたします。

いとおっしゃられた。大人は未成熟《みせいじゅく》の君たちを導《みちび》く責任があるのだとおっしゃっていた。その大西先生が、面と向かって、ジジイ、くさいと言われたことに、大人としてはっきりと注意された。そのどこが悪いと言うんだね」

もう誰も言いわけめいたことを口にしようとするものはいなかった。うつむいてただ黙りこくっている教え子たちを、ついに金八先生は叱《しか》りつけた。

「大西先生は、自分がからかわれたから怒ったのではない、他人の話をまじめに聞かず、何でも上《うわ》っすべりにふざけてしまう君たちの態度に、老人や弱い立場の人を守るために、君たちの悪たれを真正面から受けとめて、死んでみせると言われたんだ。君たちは本当に大西先生に死んでもらいたかったのか」

「そんなことありません！」

皆の沈黙を破って、敏江が必死で叫んだ。けれど、そう叫ぶのが精いっぱいだった。

「ふざけていただって？　世の中、ふざけていたではすまないことがあるんだぞ！　調子に乗っていた、だから好太でなくても誰かが言っただろうと、真規子はそう言ったよ」

「はい」

「だから私はみんなに聞いているんです。君たちは約束したにもかかわらず、大西先生の心を踏みつぶした。二学期末の国語の授業で、死刑囚の島秋人さんの短歌を取り上げ、あれほど命愛《いと》しむと教えたじゃないか！　暮れには洋造さんがお餅を喉《のど》につめて危《あや》うく窒息《ちっそく》するところだった。そのとき君たちは涙ぐんでいたじゃないか！」

餅つき大会に来ていた生徒たちの脳裏《のうり》に、もがき苦しむ洋造の姿がよみがえり、由佳がこくりとうなずいた。

「そして邦平が言った。人って簡単に死んじゃうんだって。君たちは何度も勉強し、体験もしてきた。いったい、何のために毎日学んでいるのですか。生きるためでしょう！　それなのに、先の短いお年寄りに対して、いや、どんな人に対しても、死ねと言って良いのか悪いのか、君たちはまだわからないのか！　学ぶことは生きること、生きることは学ぶこと。私は君たちに何度も何度も教えたよ。でも、私の授業は君たちに何ひとつ伝わっていなかった」

力をこめて語り続ける金八先生の目は真っ赤だった。教室は無言のまま、ただすすり泣きの音ばかりが大きくなっていった。

「これはね、好太一人の問題じゃない。なぜなら周りにはみんながいたからです」

金八先生がそう言って教室を見回したとき、健次郎はその視線から逃げるようにそっと前の席のアスミの陰に身を隠した。自分は手も口も出さなかったと、さっきまで顔をあげていた者たちも、今はうつむいている。

「大西先生が死んでみせようと怒った時だって、なぜ好太の代わりに謝まらなかった？すべては思いがけない成り行きだったとは思う。けれど、この中のたった一人が、誰かが〝悪ふざけです、ごめんなさい〟と一生懸命に謝まったら、あのようなことにはならなかったのじゃないですか」

一同は打ちのめされたように沈黙し、すすり泣いていた。

「もしそうだとすれば、死ねと言った好太は許せないが、これは好太一人の問題ではないと、私は思う。みんなで大西さんに命を賭けさせたんだ。なんでも謝まってすむことではないけれど、謝まれない人間は最低だぞ！」

金八先生はいま、三Bたちの前で初めて全身で怒り、そして嘆き悲しんでいた。かっと見開いた目からあふれる涙をぬぐいもせずに、全身全霊で語り、事の深刻さを、無意識の罪の深さを教えようとしていた。

生徒たちは驚き、恐れ、後悔して泣いた。泣いたけれども、その口からはついに謝罪の言葉は出なかった。真剣に叱《しか》られたことはあまりなく、その人間関係において真剣に腹を割って話し合ったこともほとんどなく、今どんなふうに謝まるべきか、謝まることに不慣れな彼らにはわからなかったのだ。金八先生はしばらく生徒たちの様子を眺めていたが、やがてずしりと重い声で言った。

「さあ、どうしますか。私は君たちが再び人の心を踏みつぶした時、君たちをぶっ飛ばすと約束した。みんなは私を約束を守らない大人にしたいかね。それとも、約束通り私を体罰教師にしてくれるか、どっちなんだ。三B全員で返事をしなさい」

金八先生は返事を迫っている。ついに耐え切れなくなった修三が手をあげた。

追いつめられて、みんな竦《すく》み上がっていた。生徒たちのすがるような瞳をはね返して、

「先生はいつも言ってました。民主主義の基本は話し合いだと」

「都合のいい時だけ民主主義を持ち出すんじゃないよ。契約の履行《りこう》、つまり約束の実行も、また民主主義の基本なんだ」

金八先生がきっぱりとそう言うと、修三はうなだれて座った。必死で食いさがってきたのは、邦平だった。

「じゃあ、どうしたらいいんですか、僕は先生との約束を守れなかったんだから、殴られ

てもいいです。けど、けど先生を暴力教師にするなんて、そんなこと出来ません！」

「思いやりのない三Bから、そんな思いやりはもらえないね」

金八先生は厳しい表情のまま拒絶する。真規子が泣き声の間から言葉をしぼり出す。

「じゃあ、どうしたら？」

「中野先生の時、私は犯人探しはしないと言った。なぜだかわかるか？　それは、クラス全員が共犯だったからだ」

突然、担任の口から真実が暴かれ、教室はざわめいた。生徒たちの動揺を無視して金八先生は続けた。

「あの時は、健次郎にあおられて何人かが手を出した」

ずばりと名指《なざ》しされ、健次郎はぎくりとしたまま凍《こお》りついている。

「残りの者は尻馬《しりうま》に乗って、一緒になって足蹴《あしげ》にしたり、拍手したり、浅ましいことに面白がったり、あるいは自分が被害者のような顔をしてうつむいていた。そうだね。あの時の犯人は三Ｂ全員でした」

やはり、金八先生は知っていたのだ。まるで現場で見ていたかのようなその言葉は、生徒たちが大人をあざむき、自分自身をもあざむいてきた嘘を真っ二つに割り、その心の底まで突き通した。もはや、顔をあげることができずに小さくなっている生徒たちの中、長い不登校の後、今日初めて教室へやってきた篤《あつし》がまっすぐに頭をもたげて言った。

「……その通りです」

幾人かが驚いたように篤を見た。学校へ行くことができず、孤独《こどく》の中で自分自身と向き合いながら苦しんでいたとき、金八先生は常に支えになってくれた。弱気なせいで健次郎の言いなりになった自分に勇気を与えてくれたのも、金八先生だった。二学期の間じゅう、篤は中野先生や自分の心を実験台に、自宅で人の脆《もろ》さや強さを勉強していたようなものだ。だから篤は、自分の弱さを正面から見つめ、心底信頼している金八先生の前にそれをさらけだすことができたのである。

しかし、大多数の者にとって、後味《あとあじ》の悪い中野先生の事件は時効《じこう》になりかかっている。中野先生への漠然《ばくぜん》とした反感もあって、事件が起こった後も深くは考えようとしなかった。今、あらためて他人の口から事件の全貌《ぜんぼう》が語られると、その醜悪《しゅうあく》さに生徒たちは愕然《がくぜん》とした。

「傍観《ぼうかん》は同罪であると言った人がいる。ひどいことが行なわれているのに、注意どころか見て見ぬふりをしている人間のことだ。あの時、学校がきびしく調査をしていれば、集団暴行事件として警察の問題となっていただろう。それが出来なかったのは、中野先生が君たちを告発されなかったからだ。そして君たちは、それをいいことに全員で、あれは中野先生が自分で転《ころ》んだことだと口裏《くちうら》を合わせた」

明彦のぎゅっと握《にぎ》りしめた拳《こぶし》が震《ふる》えている。殴ったときは英雄気分だったが、その後の罪の意識、いつバラされるかしれないという恐怖は、それまでは小さないたずらはしても、他愛のなかった明彦の生活に黒ぐろと影を落としていたのだ。

「学校は警察じゃないからね、証拠探しはしなかった。それより、二度とそういうことが起きないように全力をあげることにした。人を傷つければ必ず自分も傷つくことになる。私は繰り返し、君たちに語ってきたつもりだよ。私の力不足もあるけれど、君たちは中野先生を深く傷つけたことをケロリと忘れた。人間を壊してその痛みを感じないから、今度のことも起きたのだと私は思う。今度のことも全員の共犯でした」

金八先生がそう言い終えるやいなや、たまらなくなった敬太が立ち上がった。

「おれ、わざと大西さんにひでえことを言いました」

「一番先に言ったのはおれです、おれ、うざってえと言いました。それでみんなも面白がって」

すぐに幹洋《みきひろ》が続いた。金八先生が語ったことはおそろしかったが、金八先生が代理担任として来た当初から、自分たちと先生を深いところで隔《へだ》てていた秘密がこうして明るみに引きずり出されてしまうと、やっと素直になれたのである。敬太も幹洋と同じくこの新しい担任が好きだったが、自分たちの抱えている嘘を思うと、やはり近寄りがたかった。その嘘を常に忘れさせず、それをネタに脅し続けてきたのが健次郎だった。追いつめられた好太の様子を目の当たりにし、金八先生の話に心底《しんそこ》後悔した敬太は、ついに自分を苦しめてきた毒を吐き出した。

「おれたち、健次郎に借りがあったから。やれと言われたらイヤと言えなくて」

金八先生はうなずいて言った。

「情けない奴だ。健次郎、君は何をやれと敬太に言ったんだい」

子分たちの突然の叛乱《はんらん》に、健次郎は慌《あわ》ててしどろもどろの返事をした。

「それは……正月そうそう敬太は花子先生に迷惑をかけていたんです。だから注意をしました」

「なるほど、それと大西先生をバカにすることとどう結びつく？」

「それは別に……」

言いよどむ健次郎に突然、敬太が泣きながらとびかかっていった。

「別にってことはねえだろ！　おれはお前に脅《おど》かされたから、何でも言われた通りのパシリをさせられてきたじゃないか」

「おれもです」

きっぱりと幹洋が言う。

「変な言いがかりはよせよ」

ごまかそうとする健次郎をにらみつけ、幹洋は今朝も自分とともに脅《おど》されていた明彦に同意を求めた。

「明彦だってそうだ。な、明彦。言えよ、おまえもはっきりと」

ところが、幹洋がもどかしく怒鳴っても、明彦は目をそらせるだけで相変わらず黙っている。答えない明彦の代わりに立ち上がったのは篤だった。

「僕も脅かされていました。全くの言いがかりなんだけど、とても恥ずかしいことを言いふらすと言われて、それで学校に来られなくなってしまったんだ。中野先生に葬式花を届けたのは僕です。あのプラスチックの花がそういうものだと知っていれば、いくら脅かされても僕は先に不登校の方を選んでいました」

篤の話は理路整然としていて、健次郎は口を開きかけたが何の言いわけも浮かばない。健次郎の顔はみるみる蒼白《そうはく》になる。

「健次郎、言い分があったら言いなさい」

金八先生にうながされ、健次郎はやっと叫ぶように言った。

「だから僕は、この前言ったじゃないですか！　事情が変わったら、今度ねらわれるのは僕だって！　今がそうです、みんなで寄ってたかって！　僕には三Bをあおるほどの力はありません」

机の上に泣き伏す格好をする健次郎に、バーバラの冷笑が飛んだ。

「何言ってんの、私のカンニング見て、脅したじゃない」

「僕は万引きです。弁当を万引きして脅されました」

と祥夫《よしお》。健次郎の後ろの敏江も立ち上がった。

「私も脅かされてた。けど、今度の騒ぎにはパスした。だって大西さん、本気だったし、照孝《てるたか》にもやめなと言ったのに、バカだから面白がって」

「だってあの時は、おれはただいつもの調子でわいわいと、こんなことになるとは思ってなかったもん」

照孝の声はだんだん小さくなって消えた。敏江の告発のバトンは次々と手渡されていく。

「邦平は一所懸命止めていた。私も本気になって止めていたら、好太もあんなこと言わなかったかもしれない」

真規子の頬に涙がぽろぽろと伝い落ちた。由佳もしゃくりあげながら告白する。

「私も騒ぎました。お年玉もらった人ともらわない人がいるって」

「アスミが一番ひどいこと、言ってた」

ここぞとばかりに加奈恵が言いつける。

「私はみんなが騒いだからで」

真っ赤な目をしたアスミが言い終わらないうちに、自責《じせき》の念に耐えられなくなったように、ヒルマンががばと立ち上がった。

「オレの方がもっと騒いだ。オレもナンマイダって大西さんに言った。だから……」

「もう、いい！」

金八先生は厳《きび》しい顔で一喝《いっかつ》した。

「私はね、誰が一番悪いのか決めようとしてるんじゃない。中学三年にもなって、十五歳にもなって、いいことと悪いことをなぜ自分で決められないのかと言ってるんです。社会に出てみろ、そんなことで通用すると思ってんのか！　たったひと言で大事な人の命を奪《うば》うことがあるということを、どうしてわかろうとしないんだ！　どうしてまわりの者が知らん顔しているんだ！」

蘭子がすっと立ちあがると、涙をすすりあげながら、真剣なまなざしで言った。

「先生……私は悪ふざけの仲間ではありませんでした。でも、これは三B全部の問題なんだとようやくわかりました」

金八先生ははじめてふっと表情をなごませると、穏やかな口調に戻って言った。

「そうだね、ありがとう。では、みなさん、決めてください……私の覚悟はもう決まっていますから」

「覚悟って？」

修三が不安そうに聞いた。

「私と君たちとの約束だよ。担任の坂本は説教たれるばかりだと君たちに軽蔑《けいべつ》されたくないからね。それにウソつきになりたくない。君たちをウソつきにしたくない。これは私と君たちの魂の問題です」

ふたたび教室を重苦しい沈黙がつつんだ。

「どうするんだ。殴《なぐ》るのは私だよ、嫌なら嫌ときちんとした決着をつけてくれ」

何も言えず、動けない生徒たちの中で、ひとり慶貴《よしたか》が机を鳴らして立ち上がった。

「僕、帰ります」

「逃げるのか、慶費」

邦平がすごい剣幕《けんまく》で振り向いた。

「だって……」

「今、三Bがみんなで決着つける時だろ。さっきも帰ると言った。大西さんや好太の様子がまだわからないというのに、おまえという奴は！」

殴りかからんばかりの邦平の気迫《きはく》に、慶貴は再び座って泣き出した。

「逃げるんじゃないよ。僕は臆病《おくびょう》なんだ、こういうの恐いんだよ」

「私だって、恐い、でも、逃げちゃダメだってば」

涙の中から必死に言い聞かせる真規子の言葉は、選択を迫られながらどうすることもできない皆の気持ちを代弁するものだった。立ち上がったままの邦平は、突然決心を固めた様子で、金八先生の前へ出た。

「先生、僕がみんなを代表して約束を守ります。僕をぶん殴って、僕たちの根性を直してください」

たちまち反対の声があがった。

「そんなのダメだよ、私だってあのとき笑ってたもん」

雅子が叫ぶ。

「それに、体罰がわかったら、何か言ってくる親がいると思う」

有里子も心配そうにそう言うが、邦平はきっぱりと頭をふった。

「仕方ないじゃないか。僕たちはそれだけのことをしたんだから」

「けど」

前列の恵美が引き止めるのを振りはらって、邦平はもう一歩前へ踏み出した。

「だから、僕が代表して」

「ちょっと待ちなさい、なんで邦平が代表なんだ」

金八先生の問いに、うつむいた邦平の口から嗚咽《おえつ》とともに返事が吐き出された。

「……先生のことが好きだから」

思いも寄らぬ邦平の言葉の前に、金八先生は一瞬自分の言葉を失った。瞳《ひとみ》から涙がせきを切ったようにあふれ出て、決意が鈍《にぶ》りそうになるのを金八先生は必死で抑《おさ》えた。

「先生のことなら、オレの方がもっと好きだ！」

邦平の言葉を聞いて、ヒルマンが前へ走り出てきた。

「オレも！」

力也が負けじと後に続く。

「女子代表、鈴木サオリ！　こういうことなら、バッチシ代表になれるんだ、先生がほかの女の子なんか殴れるわけない」

涙に光る目をにっこりさせて、ひときわ大きな体格のサオリも前に並んだ。

「私だって空手で鍛《きた》えられてる、代表制賛成！」

そう言ってやはり前へ出ようとした恵美を押しのけて、篤が立った。

「僕です、僕が一番先生に心配かけたから」

金八先生は驚きといとおしさで顔をくしゃくしゃにしていたが、事態が収拾《しゅうしゅう》がつかなくなりそうなのを見てとると、出てきた篤の頬《ほお》をいきなり平手打《ひらて う》ちした。誰かの悲鳴があがるが、続けて邦平、ヒルマン、そしてサオリ、力也の頬を平手打ちにする。敬太が健次郎の後ろに回り、腕をつかんで立たせると、思いっきり前へ突き飛ばした。たたらを踏んで金八先生の前に出てきた健次郎が、おびえた上目《うわめ》づかいで金八先生を見る。涙に頬を濡らした金八先生は、健次郎に向かってかすかに微笑《ほほえ》むと、その頬を思い切りひっぱたき、くるりと背を向けた。

そしてそのまま、六発の平手打ちがすべて自分に当たったかのように、金八先生は打ちのめされた様子でしばらく黒板に手をついて立っていた。

「先生……」

敏江の心配する声に流れ落ちる涙をぬぐい、振り向くと、ヒルマンも篤も抱き合って泣いている。金八先生は、教卓《きょうたく》に両手をついて頭を下げた。

「すみませんでした」

声がふるえている。さきほどの気迫はどこかへ去り、再び皆の方へ向き直った金八先生は、疲れ果ててひとまわり小さくなったかにみえた。邦平たちを席につかせると、金八先生はもう一度謝まった。

「私は教え子だけには手をあげまいと心に誓ったのにやってしまった。なんとしても約束を守ってほしかった。代表を殴ったということは、三B全部に手をあげたことになる」

「だって、約束は約束だもの！」

真規子が自分を否定する金八先生を励ますように言ったが、金八先生はただ力なくうなずいただけだった。

「とんだ始業式になってしまったけれど、今日はこれで終わります。明日から、朝の十分間読書が始まります。本を一冊忘れないように。適当なものがない人は、先生が貸してあげるし、大西先生も用意してくださったから、遠慮なく申し出なさい。それじゃ、もう遅いから今日はお家にお帰りなさい。……さようなら」

すべての力を使い果たしてしまったかのように肩を落として教室を出ようとする金八先生を追って、友子がツカツカと前へ出て来た。

「先生」

「うん？」

振り返った金八の頬へ、いきなり友子の平手打ちが飛ぶ。パシンと高い音がして、教室中がどよめいた。

「友子、なにすんのよ！」

カオルたちの金切り声を無視し、友子は金八先生の目をのぞき込んで言った。

「これでおあいこだよ、先生」

「おあいこ？」

そばにいた有里子が思わず聞き返した。

「先生、やめるつもりなんだろ、ダメだよ、そんなの！」

ふだんはクールで感情を表に出さない友子が、必死になって金八先生の腕をゆさぶっている。驚いた三郎が叫んだ。

「やめたらダメだ！」

「ダメーッ」

空気を引き裂《さ》くような蘭子の声。教室は騒然となり、生徒たちは金八先生の周りに群《むら》がった。その生徒たちを振り切るようにして教室を出ると、廊下の向こうから本田先生に付き添われた好太が戻ってきた。だいぶ、落ち着いたらしい。放心したような足取りで歩いてきた好太は、金八先生の姿を見つけると駆け寄ってきて武者《むしゃ》ぶりつき大声で泣きはじめた。その二人を、金八先生を追って出てきた生徒たちが取り囲んだ。


職員室に戻った金八先生は、自分の机の前に静かに腰を下《お》ろした。そのまま机の上の一点を見つめ、何事か考え込んでいる。いつもの金八先生とはまるで別人の、ただならぬその様子に、先生たちも声をかけることができない。

やがてひとつ深呼吸をすると、金八先生は机の引き出しをあけ、便箋《びんせん》を取り出し、太い万年筆で一気に書き始めた。

「このたび私は、学校教育法第十一条の体罰禁止の定めを破り……」

書き終わると、金八先生はそれを白い封筒に収め、表に大きく「辞表」と記した。

「坂本先生、あなた……」

近くでじっと見ていた北先生が驚いて声をあげたが、金八先生は軽く頭を下《さ》げただけで何も言わず、そのまま校長室に入っていく。

「校長先生、まことに申しわけありません」

金八先生は「辞表」を静かに机の上におくと、深ぶかと頭を下げた。

「私は、体罰禁止の条項を破ってしまいました」

校長先生は驚愕《きょうがく》し、金八先生の顔と「辞表」を交互《こうご》に見て、声も出ない。

廊下では、いつ集まったのか、三Bの生徒たちが声を限りに金八先生を呼んでいる。廊下に出た先生たちに、生徒たちは、金八先生がやめるかもしれない、と泣きはらした目で口ぐちに訴えた。

事情を知った先生たちも、驚きで声を失った。しかし先ほどの金八先生の真剣な様子から、金八先生の決意が尋常《じんじょう》でないことはわかっている。

「大丈夫だ、おれたちもいる。変なことになるわけがない」

「そうです。そのためには、あなたたちが騒がないことなのッ」

遠藤先生につづいて国井先生も声を励まして生徒たちをなだめ、引き揚《あ》げさせたが、実のところこのあとどんな事態になるのか、先生たちにもわからない。


先生たちは、金八先生が校長室から出てくるのを、息をつめて待った。窓の外に目をやって立ちつくしていた乾《いぬい》先生は、金八先生が入ってくる気配《けはい》でくるりと振り返り、駆け寄った。

「お騒がせします」

黙って頭を下《さ》げる金八先生に、乾先生が早口で言った。

「何ということをやったのかと言いたいけれど、駄目ですよ、早まった結論を出すべきではありません」

「そうです！　本当の体罰教師は世の中にいくらでもいるじゃないですか」

必死の小田切先生が奇妙な慰《なぐさ》め方をする。

「体罰に本当も嘘もありません」

金八先生は薄く苦笑した。

「けど、坂本先生は張本人の好太を助けました」

「彼は私の生徒ですから」

「けど、こんなことでいちいち辞表を出していたら、教師商売やっちゃいられません」

「わめくなよ」

熱くなる小田切先生に向かって、北先生がそうわめいた。

「坂本先生には坂本先生のお考えがあってのことです。間違ったことをするわけがないッ！」

「いや、私も未熟なんですよ」

北先生のエールを受けて、金八先生は弱々しく言った。

「やってしまってから、そんなことを言うのは、あなたらしくありませんよ」

乾先生は落ち着かない様子でそこらじゅうを歩き回っている。一方、金八先生は疲れきってはいたが、不思議と落ち着いた表情をしていた。方法に悔いは残るが、自分が教えるべきことを教えきったという自負《じふ》はあったのだ。

髪をかきむしる小田切先生と目があうと、金八先生は自分の後を継《つ》いで走っていくであろうこの若い教師に向かって真顔で話した。

「弁解はしません。しかし私は何としても約束は守らせたかった。殴らずにすむ方法はあったはずです。けれど、私は生徒たちに負けました。あいつらは実にすばらしい奴でした。とことん逃げなかったんです。私の負けです。小田切先生、生徒をなめてはいけませんよ。真正面からぶつかれば真正面でこたえてくれます。このことをしっかりと覚えておいてください」

心配で両手をにぎりしめていた花子先生が、おそるおそる口を開いた。

「でも、校長先生は辞表を受理なさったわけじゃないでしょう」

「花子先生、辞表とは出したり引っ込めたりするものじゃありませんよ」

あっさりと返した金八先生の返事に、花子先生が泣きそうな顔で言葉につまっていると、乾先生がいらだたしそうに言った。

「物を言う時はいつもクビを賭《か》けている。それが坂本先生です」

「じゃあ、私たちは坂本先生の援護《えんご》運動はしないのですか」

「そんなことは言っていないッ」

にらみ合う花子先生と乾先生を見て、金八先生は再び頭を下げた。

「先生方にはご心配かけて申しわけありません。しかし、これは教師、坂本金八の生き方の問題ですから、いさぎよく教育委員会と校長先生のお考えにゆだねるつもりです」

「そんな！　格好つけないでください！」

「まだわからんのですか、この人はそんな格好つける人ではありません。ただ今は収拾《しゅうしゅう》策《さく》がつかなくて」

乾先生がめずらしく感情的に小田切先生を怒鳴りつけた。

「なぁに、どこへ行っても子どもとかかわる仕事はあります。いえ、私はずっと子どもとかかわっていきたいですから」

小田切先生は無念そうに机を拳でたたき、花子先生は泣き顔を見せまいと背を向けた。北先生はじっと机を見つめている。金八先生は少しゆがんだ微笑を浮かべて乾先生を見た。その肩に、乾先生は無言で手を置いた。扉の向こうでは、校長先生が祈る思いで教育委員会に電話をかけていた。

三Bの生徒たちが金八先生を追って飛び出して行った後、教室には健次郎と明彦だけが残った。それぞれに無言だが、いつもの余裕はなく青ざめている健次郎をそっと見て、明彦の口元に微笑が湧《わ》いた。遠藤先生に追いたてられるように帰ってきた生徒たちは、だれが指示するともなく健次郎を取り囲んだ。健次郎は精いっぱいの虚勢《きょせい》を張って、昂然《こうぜん》と顔を上げて一同を見渡し、言い放《はな》った。

「坂本先生が言ったじゃないか。これは三年B組全員の問題だって。おれ一人のせいじゃない」

顔を真っ赤にした力也が拳《こぶし》を固めて殴りかかろうとするのを、三郎が羽交《はが》い締《じ》めにして制した。

「やめろ、力也!」

腕組みをしたまま、健次郎があおる。

「やれよ、おれはもう担任に一発くらってんだ、おまえたちの代表でな」

力也が憤怒《ふんぬ》の唸《うな》り声をあげ、ヒルマンが嫌悪《けんお》をむきだしにして吐き捨てた。

「きたねえ野郎だ」

「いや、可哀《かわい》そうな奴さ」

邦平が静かに言った。冷ややかな級友の視線の中で、健次郎は懸命に突っ張っていた。

V　辞表の行方

金八先生の「辞表」をめぐる会議。先生たちは祈る思いで金八先生を見守った。

両隣りの教室はとっくに空《から》になり、校庭に人影が見えなくなっても、三Bの生徒たちは教室に残って金八先生を心配していた。好太はまだしゃくりあげており、生徒たちは不安な面持《おもも》ちでそれぞれのグループにかたまっている。ただ、健次郎のまわりにだけは広い空間ができていた。明彦は寝たふりを装《よそお》って無視しており、ちはるは心配そうに健次郎のことを何度も見やっている。

ドアが開いて教頭の国井先生が入ってくると、生徒たちはわっと群がって、質問攻《ぜ》めにした。しかし国井先生の言葉は、彼らの不安をしずめてくれるものではなかった。金八先生はこのあと体罰を受けた生徒たちの家へ詫《わ》びに行き、教育委員会へ事情説明に行くという。結果は、保護者や地域教育協議会の判断によると聞いて、邦平がくってかかった。

「そんなの変です。当事者の僕たちが納得しているのだから、親に謝まりに行くことはないと思います」

「そうだよ、先生が悪いんじゃねえもん」

「教育委員会へ行くなら、私たちも一緒に行きます」

幹洋《みきひろ》や恵美も叫び、好太が心配と罪の意識に激しくしゃくりあげた。

「静かに！　この先は大人の出番です。坂本先生のためにも、三Bはこれ以上、人の話を聞かないクラスだと言われないようにしてください」

騒然となる生徒たちを、国井先生はきびしい調子で制した。金八先生にたたかれた生徒は、このあと職員室で聞き取りを受け、好太は修三と三郎に付き添われて乾《いぬい》先生が車で送っていくことになった。

「あとの者はすみやかに帰宅しなさい。今度のことは一人ひとりが家で反省し、大西さんにどう謝罪し、お見舞いするか、よく考えておく。いいですね」

そう言って国井先生が一同を見渡すと、加奈恵がすっと手をあげた。

「私も好太を送って行きます」

みんながあっけに取られて加奈恵を見る。自分勝手な加奈恵は決してしっかりしているとは思えなかったし、アスミしか眼中《がんちゅう》にない様子で友だちもいなかった。加奈恵がすすんでクラスのことに協力するのは初めてのことである。

「やっぱ女の子が一人くらいついていた方がいいと思います」

クラスメートたちの不思議そうなまなざしにたじろぎもせず、涼しい声で加奈恵は言った。加奈恵のことをよくは知らない国井先生は、眼鏡の向こうからまっすぐにこちらを見ている、一途《いちず》そうな少女を付き添いの一人に加えた。加奈恵は満足そうにひと呼吸すると、ショックにうつむいている好太の横顔をそっといとおしげに見やった。

代表して平手打《ひらてう》ちを受けた六人は、一刻《いっこく》も早く金八先生の顔を見たいと、すぐに職員室へ向かった。一番後ろから健次郎が影のようについて入ると、金八先生は励《はげ》ますように落ち着いた微笑を浮かべた。

「今度のことは学校の問題にもなるんでね、みんなの家に行く前に、君たちからありのままを先生方に話してくれないか」

「はい」

緊張した表情の生徒たちは一人ずつ、北先生に向かい合って座り、懸命に事の次第を語り、花子先生がノートパソコンでそれを記録した。生徒たちの真剣な表情を見る先生方には、彼らの話の真実と反省が痛いほどわかった。論理的で簡潔《かんけつ》な邦平と篤《あつし》の話で、事件の経緯《けいい》は明らかだったし、サオリやヒルマンの口ぶりから、彼らが受けた体罰を誇りにすら思っていることがわかった。口べたの力也でさえ、必死になって金八先生を擁護《ようご》した。六人の話に食い違いは一カ所も見られず、納得した先生方はすぐに各家庭へ謝罪に出かけることにした。体罰の噂《うわさ》は一瞬にして駆けめぐるだろう。処置は何ごとも早いにこしたことはない。

「教頭の私が一緒に参ります。だれの家からにしますか」

北先生を制して国井先生がそう言うと、力也がすばやく前に出た。

「おれんち一番手！」

われもわれもとほかの生徒が手をあげる中、健次郎が金八先生の方を見ておずおずと口を開いた。

「あの」

「うん？」

「家では母が留守《るす》かもしれません。風邪《かぜ》をひいているので病院に予約とってましたから」

先生方やヒルマンたちの視線が突き刺さるのを感じながら、健次郎は消え入りそうな声で言った。

「そうか。でも大切なことなんで、予約を変更してもらうわけにはいかないかな」

金八先生が穏《おだ》やかな声で頼むと、健次郎はぱっと頭をさげた。

「すみません」

健次郎の声は礼儀正しく抑制《よくせい》されているが、そこには断固《だんこ》とした響《ひび》きがある。なにごとかに脅《おび》えているようだった。

「それじゃ、兼末《かねすえ》のところは後日うかがいましょう」

その言葉を聞いた途端《とたん》に、健次郎の顔に安堵《あんど》が浮かぶのを金八先生は見逃《みのが》さなかった。


一方、助手席に好太、後部座席に修三、三郎、加奈恵を乗せて乾《いぬい》先生は学校を出た。少し行くと、隣りの好太が思いつめた様子でぽつりと言った。

「先生、おれ、大西さんのところへ行きたい」

「大西さんのところ?」

車をとめて聞き返すと、好太は今度は乾先生の目をしっかりと見返して懇願《こんがん》する。

「家に帰ったらどうせ怒られるから、その前に大西さんとこへ行って謝まってきたい」

「そうか……寄り道するけどいいかな?」

好太の思いに打たれた乾先生は、バックミラーごしに後ろの三人にたずねると、修三も同じ気持ちのようである。

「お願いします。僕たちも大西さんのこと心配だし」

その言葉を受けて、乾先生は車をUターンさせ、大西先生の入院した病院へ向かった。

病室をノックすると、顔を出したのはデラである。デラは好太の顔を見るやいなや、後ろ手にドアを閉め、好太に目茶苦茶に殴りかかった。

「ダメだ！　おまえなんか、じっちゃんに会わせるもんか！」

興奮したデラを、あわてて三郎と修三が押さえるが、デラはさらに大きな声でわめいた。

「こんな奴、死んじまえ！　死ね死ね死ねーッ！」

「なんてこと言うんだ。好太はじっちゃんが心配で謝まりたいと言って来たんだぞ！」

しかし、その乾先生の言葉も、修羅場《しゅらば》の教室からまっすぐに病院へ来て大西先生につきっきりのデラには通じない。

「でも、こいつはじっちゃんに言ったんだぞ、死ね、死ねって！」

修三と三郎に両側から押さえ付けられたデラは、両足で無抵抗の好太の腹を蹴りまくった。修三が出直そうかと提案するが、好太に同情している三郎はデラの腕をいっそうしっかりと抱え込んで好太に言った。

「いや、デラはおれが押さえているから行ってこい」

「じっちゃんが死んだらどうすんだよ！　じっちゃんが死んだら！」

そう叫ぶデラ同様、好太の瞳からも涙があふれ出た。廊下での大騒ぎに看護婦がとんでくる。乾先生は看護婦に謝まったり、生徒たちを叱《しか》ったりするが、デラはわめくのをやめない。近くの病室からショルダーバッグをさげた小柄《こがら》な男が出てきて、鋭いヘビの目で事態を一瞥《いちべつ》すると看護婦にたずねた。

「どうかしたの？」

「ええ、ちょっとね」

言葉を濁《にご》した看護婦の代わりに、ぺらぺらとしゃべり出したのは加奈恵だった。

「この子がね、センターの大西さんを突き飛ばしたから、大西さんケガしちゃったの」

「落合！」

乾先生があわてて制するが、男はぴたりとこちらに寄り添ってきた。パニックから覚《さ》めやらないデラが叫ぶ。

「死ねと言ったんだ、このヤロー！」

男は無遠慮《ぶえんりよ》な視線で一同の顔を眺《なが》めまわすと乾先生に言った。

「みんな中学生ですね、どこの中学ですか」

「あなた何者ですか」

「フリーのジャーナリストです。失礼ですけど、この子たちの担任ですか」

そう言って男は名刺をちらりと見せた。乾先生は「違います」とひとこと言うと、男に背を向けてそそくさと加奈恵の手をとり、皆に帰るよううながした。

「ちょっと待ってください」

食い下がる記者に、デラの足蹴りが命中した。

「帰れ！　おまえも帰れ！」

いっこうに静まる様子のないデラを三郎はえいやっと肩にかついだ。三郎に軽々とかつがれたデラは、それでも三郎の背を拳《こぶし》でたたきながらわめきつづけていた。乾先生が好太の背に手をまわしてこの場を離れようとしたとき、好太は耐え切れなくなったように、突然病室に向かって涙声で叫んだ。

「じっちゃん！　好太です。ごめんねーッ、ごめんだよーッ」

「ね、ちょっと。じっちゃんってどっちの子のおじいさん？」

記者がなれなれしく加奈恵の顔をのぞきこむと、加奈恵は男の顔を見もせずに、さらりと言った。

「いいのよ、もう。私たち、ちゃーんと代表が体罰受けて話ついたんだから」

「落合！」

誇《ほこ》らしげな加奈恵を乾先生が止めるのも遅く、記者の目は好奇心に光った。

そのあと、病院で学校名をつきとめるのは、ゴシップ記事で生計《せいけい》をたてている安斉《あんざい》にとってたやすいことだった。十五分もしないうちに、通学路ではもう下校中のヒルマン、敬太、幹洋《みきひろ》が安斉につかまっていた。にこにこした見知らぬ男に平手打《ひらてう》ちのことを聞かれると、ヒルマンはすがすがしくさえある表情であっさりと肯定《こうてい》した。

「うん、殴られたよ」

「往復びんたか?」

「ううん、代表だから一発だけ」

「代表って、いったいどういうこと?」

「ホントは三十人みんなやられなきゃなんなかったんだけどさ」

幹洋にしてみても、金八先生とのきずなが強まった気がする今日の出来事を、だれかに話したくてしようがなかった。

「おれ、代表を志願したんだ。こいつら、モタモタしてたからハズレ」

ヒルマンがうれしそうに言うと、隣りの幹洋と敬太がくやしそうに言った。

「ばか、あっというまのことだったからさ」

「モタモタなんかしてねえよ、あれはサオリが先を越したから」

幹洋の言葉に、安斉は目を見開いてとびついてきた。

「サオリって、女の子もやられたんだ」

「やられたよ、三B代表だもん」

当然という顔でヒルマンが答える。自分よりふたまわりも大きく、何かと言えばヒルマンの頭をぽかぽかたたき、冗談を言えばガハハハと大口あけて笑う、きっぷのよいサオリは、ヒルマンたちにしてみれば〝女の子〟という存在ではなかった。安斉に代表の名前を聞かれて、ヒルマンと敬太は指を折りながら六人のフルネームを言った。ヒルマンたちには見えない安斉の胸ポケットの中では、小型のテープレコーダーがまわっていた。


一日にして取り巻きを失い、帰り道、健次郎は一人である。少し離れて無言の明彦がついてくる。家の近くまで来てもまだついてくるので、無視していた健次郎も振り返った。

「ついてくるなよ。おれは一人で平気さ」

黙って上目《うわめ》で見る明彦に、健次郎はかすかにほほえんだ。知り合いに家の傍《そば》まで来られるのは嫌だったが、クラス中に見捨てられた今、明彦が自分を気にかけてくれているらしいのはやはりうれしかったのだ。

「おまえは奴らと一緒に帰ればよかったんだ」

健次郎の強がりに対して、明彦は意外な言葉を返してきた。

「金、貸してくれねえか?」

「金?」

突然のことに戸惑《とまど》っている健次郎の顔を、明彦は値踏《ねぶ》みするように見た。

「二万でいい」

「二万? 持ってるわけねえだろ、そんな大金」

「うちに帰りゃ、あるだろ」

今朝がたまで自分に絶対服従《ぜったいふくじゅう》していた明彦が、ふてぶてしい姿で目の前に立っている。

ずっと自分の後をついてきたのは、心配だったからではさらさらなく、金をゆすろうと思っていたからなのだ。健次郎はあっけにとられて明彦の顔を見つめていたが、最初に頭に浮かんだのはともかく明彦を家に近づけてはいけないということだった。

「おふくろ、留守だし、おれは持ってない」

「じゃ、明日でいい」

健次郎の嘘を疑う様子はなく、明彦はそう言い捨てるとくるりと背を向け、来た道を戻っていく。呆然《ぼうぜん》と見送る健次郎の心は、屈辱《くつじょく》感で塗《ぬ》りつぶされていった。

インターホンが鳴ったのは健次郎が家に入ってすぐのことだった。どきりとした健次郎がインターホンの受話器をとった麻美のそばに急いで寄り添うと、聞こえてきたのは覚えのない中年の男の声だった。

「実は今日、健次郎君が学校で体罰を受けたと聞いたものですから」

「体罰？」

驚いた麻美が聞き返すより早く、健次郎がインターホンのスイッチを切った。

「健ちゃん、体罰って本当なの？」

健次郎がうなずくと、麻美は驚いて高い声を出した。

「なんでまた！」

「騒がないでよ、ママ。変な奴らに顔を突っ込まれたら、お兄ちゃんのこともバレてしまうでしょう」

平静を装《よそお》って健次郎がそう言うと、麻美は心配そうな顔をしたものの、それ以上何も言わなかった。しつこく鳴り続けるインターホンを麻美がおびえたように見ると、健次郎はその受話器をはずし、不安そうな母親に微笑した。

「大丈夫、ママは心配しないでいいよ」

健次郎はやっと作った微笑が壊れないうちに背をむけて、二階へ上がった。結局、学校での出来事は母親には話さなかった。

安斉の足は速かった。名前のあがった生徒の家を次々と訪ね、金八先生が来るより早く、サオリの実家の鈴木文房具店にもやってきた。店先で不審《ふしん》な男に体罰のことを聞かれると、嫌な予感のしたサオリは何も知らないと言って追い返したが、サオリから話を聞いた父親は怒ってサオリが止めるのもきかずに飛び出して行った。

金八先生と国井先生が力也の家での謝罪を終え、連れ立って歩いていると、前から血相《けっそう》を変えたサオリが走ってくる。

「先生ーっ、今、先生んところへ行こうと」

「大丈夫。順番にうかがうと言っただろ」

待ちきれなくて迎えに来たのかと思った金八先生がなだめると、サオリは息をきらしながら頭をふった。

「違うんだってば、変な奴が学校で体罰あったかって聞きに来て、お父ちゃんがＰＴＡの会長さんちに行っちゃった。どうしよう」

あまりに早い事の展開に驚いて、国井先生と金八先生は顔を見合わせた。

金八先生たちが謝罪を終えて職員室へ戻ると、乾《いぬい》先生も戻っていて、他の先生方とともに例の記者のことを話し合っていた。金八先生がサオリの話をすると、乾先生は眉《まゆ》をひそめてため息をついた。

「そうですか。もう生徒たちのところをまわっていますか」

「で、どんな感じの男でしたか？」

「フリージャーナリストとは言っていましたが、商工ローンがらみで入院した暴力団のところへ取材に来ていたようで、あまり信用できる新聞社ではないようです」

乾先生の話を険《けわ》しい顔で腕組みしながら聞いていた北先生が、口を開いた。

「信用できても、できなくても、いったん活字になると騒ぎが大きくなりますよ」

「坂本先生はクビをかけられたのです。そんな低俗《ていぞく》新聞の餌食《えじき》にされてたまるか！」

小田切先生がくやしそうに叫んだ。同僚たちの心配を目《ま》の当たりにして、金八先生は深ぶかと頭を下《さ》げた。

「申しわけありません。ご迷惑かけます」

事態は思わぬ方向へ動きはじめている。マスコミを食いとめるのがどんなに難しいか、金八先生は、以前オヤジ狩りに遭ったとき、いやというほど思い知らされていた。あの時は、同僚やたくさんの教え子たち、地域教育協議会の先輩教師などに助けられてなんとか乗り越えたのだった。とにかく急がなければならないというので、今回も教育委員会とPTA会長、町会長と教育協議会に連絡し、急きょこの日の夜に会合が持たれることとなった。電話で連絡がとられている間、真っ赤な目をした本田先生がうつむいている金八先生のそばに来ていつになく厳《きび》しい口調《くちょう》で言った。

「坂本先生、簡単にクビをかけるとか差し出すなんて、私は反対ですよ。今度のことはイコール私たちの問題なんですから」

本田先生の心配を痛いほど感じて、金八先生はただ頭を下げた。

夕方、かたづけを終えてなんとはなしに夕刊を開いた「スーパーさくら」の明子は、ひっくりかえるほど驚いた。

『またしても暴力教師の体罰！　老人施設と中学生のトラブルか！』

派手《はで》な見出しの下には桜中学と金八先生の写真の入った毒々しい記事があった。明子が新聞をにぎりしめ、血相《けっそう》変えて駆け出したところへ、大森巡査の自転車が鼻歌まじりにふらふらとやって来て、危なくぶつかりそうになる。

「コラ、あぶねえでねえか！」

「うるさいッ、金八っつぁんと桜中学がヤバイんだよ！」

「なんでだぁ、コラ、待て！　待てぃ！」

怒鳴り返して走って行く明子の後を、自転車を立てなおした大森巡査が追いかける。

夜になって桜中学の校門にマスコミの車が到着するが、門の前には笛を吹き、大手を広げて記者やカメラマンを阻止する大森巡査の姿があった。

「散れ、散れ、散りなさい！　この中では今、学校側とＰＴＡなど教育協議会の大人たちが話し合ってんだ。民主主義的な話し合いを妨害《ぼうがい》することは、この大森巡査が許しません」

「なに言ってんだ、あんた」

特ダネの取材を妨害されて安斉がからむが、大森巡査も負けずに言い返す。

「なに聞いたんだ、おまえ」

制服に身をつつんだ大森巡査に足止めされて、安斉は唇をかんで、のびあがって校舎の方を見る。校舎の一角《いっかく》には煌々《こうこう》と灯《あか》りがともっている。

その三B教室では対面式に寄せた机を間にはさんで、片方に学校側から和田校長、国井先生、金八先生、乾《いぬい》先生、北先生、遠藤先生、小田切《おだぎり》先生、花子先生、本田先生、センターからセンター長の田中と主任の小椋《おぐら》が並び、もう片方には地域教育協議会の委員、フリースクールの服部《はっとり》先生、菅《かん》ＰＴＡ会長、駒井町会長と、そして「体罰」を受けた六人の子どもたちとその親が並んでいる。地域教育協議会の委員のなかには、敬太の母親の千代の姿も見える。人数がそろうやいなや、最初に口を開いたのは邦平だった。

「お願いだから騒がないでください。僕たちは先生との約束を果たしただけなんです」

「それに、あんなのぶん殴られたとは言えねえもん」

ヒルマンも加勢する。彼らにしてみれば、机の反対側に座って金八先生の盾《たて》になりたい心境《しんきょう》である。けれど、金八先生をかばう子どもたちの言葉に、親たちは眉《まゆ》をひそめた。なんといってても手をあげたのは事実である。まだ未熟《みじゆく》な子どもたちを、五十にもなる教師が〝洗脳〟するのは他愛《たあい》のないことかもしれなかった。

「そうはいかないんだよ」

服部先生が邦平たちに言うと、力也が怒鳴《どな》った。

「なんでだ」

「入船《いりふね》君、大人に向かってそういう口のきき方がそもそもの問題だったんじゃありませんか」

見るからに緊張して、いずまいを正して座っている国井先生の眼鏡がきらりと光る。たちまち、力也の母親のクニ子がむっとして口をはさんだ。

「どうもすみませんよ、うちはどうせ夫婦そろって機械屋だもんだから上品な育て方はしてきませんよ」

「ちょっと待って、そういう話じゃないでしょ」

菅ＰＴＡ会長があわてて軌道修正をはかる。

クニ子は、力也が代表でたたかれたことについては面白く思っていないが、金八先生の謝罪訪問を受けて納得《なつとく》してはいた。躾《しつけ》は厳《きび》しく、と男まさりの母親の下で育った力也にとって、殴られること自体はなんら珍しいことではない。しかし、力也のようにやんちゃでなく、心臓の持病《じびょう》をかかえて大事に育てられた邦平や、やはりおとなしいひとりっ子の篤《あつし》にとって、人に手をあげられるというのは初めてのことである。本人たちよりも、親の方が怒りと動揺《どうよう》を隠《かく》せないでいた。

服部先生が持ち前のよくひびく声でとりなすように全体を見回した。

「今夜はこうして町内の大人もＰＴＡの親たちも顔がそろったんだから、多少言葉で失礼があっても、話しあいの中身でいきましょうよ」

「そうそう、学校もほんとのことを全部ぶちまけてさ」

駒井町会長がにこにこと賛成するが、先生方の表情は硬い。悪気《わるぎ》はないのかもしれないが、町会長の言葉は学校がすでに真実を隠蔽《いんぺい》しようとしているというようにも聞こえる。教師たちにしてみれば親たちから理不尽《りふじん》な非難《ひなん》を受けるのは日常茶飯事《にちじょうさはんじ》で、今回のように暴力があったとなれば親の側の不信感はそう簡単にはぬぐえないだろうという暗澹《あんたん》とした気持ちになる。しかし金八先生のクビがかかっているため、なんとしても納得してもらわねばならなかった。

「ですから、学校は三年Ｂ組の担任がこの子たちとの約束を果たした。全部も何もそれだけです」

子どもたちから事情の聞き取りをした北先生は、邦平と同じ言葉を繰り返した。邦平の父親の邦雄の額《ひたい》に癇《かん》が走る。

「その約束というのが、つまり体罰のことなんでしょ」

「違うと言っているのに！」

邦平がいらだって大声を出した。

「おまえは黙っていなさい」

邦雄が厳《きび》しく押さえつけると、篤《あつし》が立ち上がった。

「いえ、僕たちにも言論の自由は保障されています」

「生意気言うんじゃないよ、子どものくせに」

すかさずサオリの父の文吉がぴしゃりと叱《しか》った。篤と邦平がそろってくやしそうに唇をかむのを見て、服部先生が一途《いちず》な少年たちを励ますようにさとす。

「そうなんだよ。桜中学はお年寄りの施設もできたから、何かあっても皆で話し合っていこうと地域教育協議会ができてね、こうやって町会長さん、ＰＴＡ会長さん、ケアセンター長さん、それに教育委員さんが来てらっしゃるんだ。いわば事件があってのこれが第一回目の全員集合なんだから、みんなで話し合わなくてどうするんだい」

ところが服部先生の言葉にくってかかったのは、少年たちではなく、小田切先生だった。

「けど、これがどうして事件なんですか！」

「事件じゃなければ、どうして新聞がうろつくんですか」

本人が志願したとはいえ、娘に手をあげられた文吉もケンカ腰だ。新聞の話が出て、ヒルマンが責任を感じて立ち上がる。

「だから、あれはオレが、いや僕がついうれしくなってペラペラしゃべったからでサ」

「ブン殴られてどこがうれしいのかね」

菅ＰＴＡ会長が苦笑すると、何はともあれ笑いと注目をとるのが信条《しんじょう》のヒルマンは得意げに語り出した。

「だってサ、三十人だよ、うちのクラス。邦平が代表で殴られるからみんなの根性を直してくれと言ったんだ。みんながいけなかったのにそんなこと出来ないじゃん。だからオレもオレもと言って、先生、この六人だけをブン殴った。そしたらパスされた奴ら、すげえうらやましがるんだもん。それにオレ、新聞記者なんて人間がこのへんに歩いてるとは全然思わなかったもん」

目を輝かせて話すヒルマンの顔に大人たちは驚き、なかば呆《あき》れて聞いている。突拍子《とっぴょうし》もない少年の話はしかし真実に違いはなかった。

「だからアンタはバカなの」

そう吐《は》き捨てたのは敬太の母親の千代だった。敬太と仲の良い、おっちょこちょいのヒルマンのことは小さいときからよく知っている。

「うらやましがったのはうちの敬太と言いたいんだろうけど、男はペラペラと余計《よけい》なことをしゃべるんじゃないの。それに見舞いに行った病院でも、薬屋の加奈恵ちゃんが言わなくてもいいことを変な男にしゃべったのがはじまりだと言うじゃない。学校はどうしてあんなのを大西さんところへつけてやったんですか」

「それは本人がですね……」

そう答えようとした乾《いぬい》先生の言葉を、千代はにべもなくさえぎった。

「本人がなんと言おうと、人選がなってないと言ってんの。つまり先生方は子どもを一人ひとり見ているのかって。内申書《ないしんしょ》の季節だし、私はそれが心配でたまらないわ」

千代はヒステリックに嘆《なげ》いた。千代の言っていることはあるいは正しいのかもしれないと思いながらも、その個人攻撃をはばからない内容に一同はたじたじとなって言葉が出ない。ヒルマンの父親の彰憲《しょうけん》和尚《おしょう》は、おおやけの席で息子をバカ呼ばわりされながらも、素知らぬ顔ですまして座っている。金八先生が子どもにレッテルをはらず、一人ひとりを見ているからこそ、敬太もその友だちのヒルマンも幹洋《みきひろ》も金八先生にこれほどまでになついていることが母親の千代にはわからないらしかった。

「そうです。一年から持ち上がりの中野先生がご入院とかで担任が代わり、二学期なかばに受け持った坂本先生が今度は体罰問題で辞表を出された。先生が代わればいいってものじゃないでしょう。入試を目前にして子どもも動揺するでしょうし、えらい迷惑なんです」

邦雄が強い調子で加勢するのを、邦平はふるえる拳《こぶし》をにぎりしめて聞いている。

「いいじゃないですか、辞表出したんならやめてもらえば」

千代が冷ややかに言い捨てた。先ほどから話を混線させる千代のいらだちは体罰の件とは別のところにあるらしい。

「いいえ、教師ほどつぶしのきかない商売はないという人があるけどさ、いまどき、倒産《とうさん》の心配がないのは公務員だけでしょ。そんないい仕事、やめられるわけがないじゃないですか。それなのに辞表を出したり引っ込めたりするようなマネはやめてほしいのよ」

毒を含んだ千代の言葉を聞きながら、金八先生は二学期末の三者面談の前に、父親がリストラで経済的にもきびしいから進学はしたくないといって自宅へ訪ねてきた敬太の顔を思い出した。そして千代は、その面談の時、見栄《みえ》で隠《かく》していたリストラの件が金八先生の耳に届いていることを知って取り乱したことがあった。金八先生は千代の気持ちを逆《さか》なでした自分の行為を弁明《べんめい》することもできず、ただ唇をかみしめて聞いていた。

千代の怒りに圧倒されるように少しの沈黙がつづいた後、田中センター長が口を開いた。

「ちょっといいですか。あの夕刊にはセンターと生徒のトラブルか？　と書かれていましたが、トラブルというのはまったくありません」

「ええ、今、あちこちの学校の空き教室利用で介護《かいご》センターとの同居が始まっています。それでトラブルが起こるのだという印象を持たれたら、計画中の地区も困るでしょうし、一生懸命取り組んでいる人たちの足をひっぱるようなことにはなりたくないです」

主任の小椋《おぐら》の声にも、穏《おだ》やかだが断固とした響きがあった。小椋や教師たちは、最悪の事態になったときの大西先生の悲しみを思った。当事者の大西先生ほど、生徒たちを気にかけ可愛がっていたお年寄りはいないのだから。

「でも、そもそもはガキがお年寄りをクサイ、死ねと言ったことからでしょ」

駒井町会長が言うと同時に、力也がヒルマンを指《さ》した。

「こいつ」

「だってサ、イテッ」

ヒルマンは剃《そ》りあげた丸い頭にぱっと手をやった。黙って座っていた彰憲和尚が目にもとまらぬ速さで扇子《せんす》でヒルマンの頭をたたいたのだ。あっけにとられる周りの大人たちに、和尚はすましして言った。

「失礼、これも体罰ですかな」

親たちが一瞬言葉につまった隙《すき》に、遠藤先生がひとこと叫んだ。

「その通り！」

たちまち、千代やクニ子が反対する。

「じゃ、親もたたいちゃいけないわけ？」

「これは躾《しつけ》なのよ」

「冗談じゃない、子どもが弱いもんに向かって死ねなんてほざいたら、先生に頼まれなくたって私がぶっ飛ばしてやりますよ」

駒井町会長が言うと、幾人もがうなずいている。しかし、殴られた子どもの親の表情にはふに落ちないものがある。

「私はね、悪いことをしたら学校でもきびしく叱っていただきたいですよ。けど、うちの子は女の子です。女の子の横っ面《つら》はりとばすなんてひどいじゃないですか」

「まことに申しわけありません」

金八先生が深く頭をさげると、サオリはたまらない様子で叫んだ。

「先生、謝まんなくたっていい！」

女の子だから、と言われて邦雄も黙ってはいない。

「いや、だれがひどいことを言ったのかわかりませんし、邦平がなぜ志願したかは別として、心臓に持病があるんですよ。そういう子に対してご配慮があったのでしょうか」

「お父さん！」

邦平はほとんど泣きそうになって父親をにらみつけた。

「あの、私どもではしばらく学校を休んでおりました。それが年が明けて新しい気持ちで登校してくれたのです。その第一日目にいきなり体罰があったのでは」

友恵の抗議を振り払うように篤がさえぎる。

「でも、僕はそれでみんなと一緒になれた気がしたと言ったでしょ！」

殴られた子どもと親との言い争いを眺《なが》めていた駒井がふっと笑った。

「私はこの坊やの気持ち、わかるな。ジクジク言われるよりは一発はられた方がスキッとすることもある」

友恵が、野蛮《やばん》な、という目で駒井を見たが、昔をなつかしむ目をして駒井に同調するものが次々と現われ、一同の意見は子どもの躾《しつけ》はしっかりしなければいけない、という方向に流れていった。

「近頃の親は子どもを殴れない。だから、私たちがいい知恵を集めようと集まっているわけですよ」

その駒井の言葉を受けて、和田校長も言った。

「学校もそうです。生徒に手をあげることは許されていません。だから、手をあげずにすむようにご家庭や地元の方と一つひとつ相談していこうとしておるのです」

「しかし、教師にはそんな時間的余裕はありませんよ」

管理職の理想論を前に、現場の北先生が思わず現実を口にすると、千代がとげとげしい声を放った。

「そんなら学校は何をするところなんですか。勉強は塾で見てもらって、躾は親たちに任《まか》せたら、学校なんてなくたって同じでしょ」

千代がケンカ腰の極論に突っ走るので、服部先生が話を引き戻す。

「皆さん、他人の子を叱ろうという運動を知ってますか」

「ああ、あれはね、叱るというより注意しようてんで、わたしなどは近所のうるさいおじさんおばさんに育てられたようなもんだ。けど、今どき注意しようもんなら、たちまち囲まれて半殺しにされるようなご時世《じせい》になっちまったでしょ。むずかしいねえ」

そういう文吉は、娘のいた教室で中野先生がどんなふうに半殺しの目にあったかを知らない。

「世の中、さわらぬ神に祟《たた》りなしってことになったんだけど、このままじゃ日本はダメになりますな」

駒井がのんびりした口調《くちょう》で嘆《なげ》いたとき、たまりかねたようにガバと遠藤先生が立ち上がった。

「もうダメになってます！　私はキレやすい人間だから、さっきから我慢《がまん》してたんです。何が体罰ですか。そもそも何がはじまりだったんだ。躾《しつけ》がどうのこうのって、あんたたちの家の中で汚い無神経な言葉が飛びかっているのを平気でほっとくから、こういうことになるんだ。まず、お年寄りに向かって死ねと言って許されるのか許されないのか、話はそこから始めてもらいたい！」

遠藤先生の爆発を本田先生が穏《おだ》やかな言葉でサポートする。

「そうですね。子どもはふざけて言っても、言われた方はそうは受け取れません。坂本先生はそういう人の心を踏みつぶすようなことは二度と言わない、それを約束し、その約束を破ったから、約束通りたたいたのです」

本田先生の説明に、子どもたちが自分たちの気持ちの代弁を感謝してしきりとうなずいている。

話が平行線をたどりそうな気配《けはい》を見せたとき、ドアが開いて友子を連れた鳶《とび》の親方の勝男が半纏《はんてん》姿のまま入って来た。

「どうもどうも遅くなりました。仕事のキリがどうにもつかなかったもんだから」

一同に頭を下げる勝男に、馴染《なじ》みの駒井が説明する。

「かしら、実は今ね、地区の人と担任にぶん殴られた子の親御《おやご》さんに来てもらってるんだけど」

「ええ、そいで私も先生に謝まりに」

「謝まってもらうのはこっちの方だろ」

まだ内心すっきりしないらしい文吉や邦雄が口ぐちに文句を言うのを聞かず、勝男は友子を金八先生の前に突き出した。金八先生と向き合った友子は、いつもの友子らしい突っ張った様子で、しかしくっきりと頭を下げた。

「もう二度とやりません、と言いたいけれど、それは先生次第《しだい》。でも、今度のことは本当にごめんなさい」

「ドアホ！　そんな理屈っぽい詫《わ》び言葉がどこにある！　江戸っ子の面《つら》汚すんじゃねえ！」

たちまち勝男があたりをはばからぬ声で一喝《いっかつ》した。

「ちょっと待ってよ、どういうこと？」

駒井がわけがわからないという顔で勝男を見る。

「だってさ、生徒が先生をぶん殴るなんざ、それも女の子がですよ、ふつうじゃない。けど、うちの娘が坂本先生をひっぱたいちまったんですよ」

そう言うと、勝男もまた金八先生にていねいに詫びた。大人たちが唖然としている中、わるびれもせず友子は言った。

「だって、先生は辞《や》めるつもりなんじゃないかと思ったから。先生が生徒を殴ってクビになるなら、私も生徒をクビになる」

金八先生は友子に微笑を返そうとしてうまくいかず、泣き笑いになった。

「だから、こいつがパチンとやって、それでおあいこだと言ってんです。どうしますか、会長さん。私はもう私らの出る幕じゃないと思ったんですがね。いや参りました」

そう言って頭をさげる勝男は、どこか誇らしげであった。駒井も思わず笑い出す。場がなごんだその機をとらえて、保護者なしで一人出席していた健次郎がはじめて発言した。

「だから、三Bの中では解決ついていると、僕たちは考えます」

篤が鋭くこちらを見るが、健次郎は目を合わさなかった。思わぬ友子の出現で、親たちもそれ以上何も言うことができないようだ。少し間をおいて、邦雄が先ほどまでのかたくなな様子とは違った口調《くちょう》でたずねた。

「しかしだよ、もうひとつだけ坂本先生にうかがいます」

「はい」

「うちの邦平は坂本先生が好きのようです。そういう生徒をおいて辞めるなんて、先生というのはそんな簡単なものなんですか」

「いいえ、私もまだ教師生活道半ばです。未練ないことはありません。しかし生徒に対して、教師以前の問題として、私は大人はうそつきだと思われたくありませんでした」

「きれいごとをおっしゃって」

千代が嫌味《いやみ》を言うが、金八先生はそれを真正面から見返した。

「汚いことを言えば汚い人になる。きれいな世の中を願えばきれいな人になる。沖縄の言い伝えです。大好きな言葉です。短絡《たんらく》と言われるかもしれませんが、実行するのが教師だと思ってきました。できればそういう考えを、子どもたちのためにもご家庭で応援してください。お願いします」

ヒルマンも友子も真顔になって、食い入るように金八先生の顔を見つめ、話を聞いている。

「けどさ、私たち協議会はそう言う金八っつぁんを簡単には辞めさせませんよ。どうなんですか、教育委員会は？」

服部先生がいたずらっぽく笑って和田校長の方を向くと、校長はちらりと委員を見てきっぱりと言った。

「謹慎《きんしん》一週間と減俸《げんぽう》一カ月一〇パーセントに決めました」

小田切先生や北先生が抗議するが、和田校長は校長の権限としてとりあわなかった。最初から心は決まっていたらしい。

「教育委員会にはご理解いただいていますが、協議会の方はいかがでしょう」

「まあね、手をあげたらこういうお灸《きゆう》があるのだとは、子どもにもわかりやすいでしょう」

管《かん》PTA会長がそう答え、一同に異論はないようだった。

「ま、坂本先生がいきなり手を出したわけじゃなく、話しあった末ならば、うちの敬太はやられなかったことだし、先生が代わってばかりいるのもなんだし、給料カットで妥当《だとう》ですかねえ」

いちばん強硬《きょうこう》だった千代も、それなりに納得《なっとく》したらしい。もし敬太がこの場にいて千代の言い草を聞いたならば、荒れ狂って怒るだろうな、とヒルマンは思ったが、金八先生のクビがつながったことで満足して敬太の代弁を飲みこんだ。

「あとは他の新聞が何か聞きに来た時のことだけれど、皆さん、今の話し合いで大丈夫ですね」

管PTA会長が念を押すと、机の両側から力強い返事が返ってきた。

「ここはひとつ共闘といきましょう」

文吉が言って、教室の空気はすっかり和《なご》やかなものになった。

「ありがとうございました」

頭を下げる金八先生に、服部先生は満面の笑みを浮かべて言った。

「それにしても、金八っつぁん、いい生徒たちを持ったねえ」

うなずく金八先生の瞳から大粒の涙がこぼれおち、そのまわりにわっと生徒たちが駆け寄った。


夜遅くなって金八先生が帰宅すると、玄関に泣きはらした目の幸作が走り出て出迎《でむか》えた。

「父ちゃん！」

「どうした？」

「どうしたじゃねえよ、おれ、がまんできねえよ。今、三Bの奴が来て……」

後から出てきた乙女も、三Bが待っているという。居間に入ると、幹洋《みきひろ》と敬太がぱっと両手をついて頭を下げた。

「先生！　今日はごめんなさい！」

「でも、クビにはならなかったよね？」

母親の千代とは正反対に、敬太が心配そうに金八先生の顔をのぞきこんだ。

「ああ、みんなの親御《おやご》さんがわかってくれたから、一週間の職員室謹慎《きんしん》」

「なに、それ?」

乙女が首をかしげる。

「うん、保健室登校みたいなやつでさ、職員室で謹慎するんだ。といっても、これから受験の準備で休んじゃいられないよ」

ほっとしたのだろう、幸作が大きな吐息《といき》とともに拳《こぶし》で涙をぬぐった。

「帰れよ、おまえたち。父ちゃんをぐちゃぐちゃにしやがって。これ以上顔も見たくねえや」

幸作の恨《うら》めし気《げ》な視線に、敬太も幹洋もおとなしく頭を下げた。

「悪かった。ごめん」

「いえばグチになるけど、あのときそうやって謝まってくれてたら、私はヒルマンを殴らずにすんだんだ」

金八先生は苦笑した。幸作が立ち上がって、もう帰れとうながすが、敬太がなかなか立ち上がらない。しばらく迷ったあげく、思い切ったように敬太が告白する。

「チクったと見られるのがイヤだから、何度もゲロっちゃおと思ったけどさ、先生、今度もあおった奴がいたんだ」

「わかってる」

金八先生は眉《まゆ》ひとつ動かさずにそう答えると、幸作が言った。

「兼末《かねすえ》健次郎だろ」

「うん。だから健次郎も最後にひっぱたいておいた。おまえたち、健次郎をハブくなよ」

思わぬ金八先生の言葉に、驚いた幹洋は大声をあげた。

「ムリだよ、そんなの！」

「いや、ハブいたら彼を追いつめるだけだ」

金八先生の言葉にはウムを言わせぬ響きがある。しかし、敬太は悲鳴をあげた。

「そうはいかねえよ。みんながやられてきたことを考えたら、とてもじゃない」

金八先生は少しの間、幹洋と敬太を見つめていた。健次郎が何を隠しているのか、どんな問題を抱えているのか、今の金八先生にはわからない。そして常に一緒にいた敬太たちも、本当のところ健次郎の素顔を知らないのかもしれない。金八先生はふくれっ面《つら》の二人にゆっくりと言った。

「健次郎は棘《とげ》だ、三Bに刺さった棘なんだ。棘は抜かないと三Bもその膿《うみ》で腐《くさ》るし、棘の方も腐ってしまう。どんな小っちゃい棘でもそれでは最悪だ」

敬太と幹洋、そして幸作は納得《なっとく》できない様子で黙っていた。幸作は敬太たちのようにパシリをさせられてきたわけではない。常に懸命に突っ張って、威圧的な健次郎になんとか張り合って立ってきた。教師を父親に持つ幸作には、健次郎も簡単には手が出せなかったということもある。けれど、三B時代、幸作もまたいつ弱みをにぎられるか、罠《わな》にはめられるか、気の休まる間はなかった。そして、健次郎がどんなふうに裏と表を使い分けるか、卑劣《ひれつ》な方法で級友を服従《ふくじゅう》させているか、目《ま》の当たりにしている幸作もまた、そんなに簡単には寛容な気持ちになれなかったのである。まして、父親を辞職ぎりぎりにまで追い込んだ張本人となれば、なおさらだった。

「だから、いいな、敬太。棘は私が抜く。多少の痛みは残るだろうが、若いんだ、肉のあがりもいいはずだから、三B全員協力し合って入試を乗り越え、卒業式を迎えるんだ」

担任への好意と健次郎への憎悪《ぞうお》の板ばさみになって、敬太と幹洋は黙って顔を見合わせた。

「おれはやだからね。あいつは許せねえ」

代わりに言ったのは幸作だった。

「おれは三Bじゃないもん、C組だもん」

立ち上がりざまそう叫んで、幸作は二階へと駆け上がっていった。

Ⅵ　砕かれた秘密

すべてが明るみに出たいま、金八先生は健次郎の苦悩の深さを見つめる。

金八先生の心配した通り、翌朝の通学路には楽しそうにじゃれあうグループからぽつんと離れて、一人で登校する健次郎の姿があった。健次郎の呪縛《じゅばく》から解放された今、幹洋《みきひろ》たちはとても健次郎と話をする気にはなれなかったのだ。しばらく行くと、行く手に明彦が立っている。その姿を目にした健次郎の心臓は締《し》めつけられた。

健次郎が来ると、明彦は何気《なにげ》ない様子で健次郎の横に並んだ。

「ホラ、一万だ」

健次郎が昨夜用意した封筒を出すと、明彦はさっと受け取ってポケットにねじこみながら言った。

「二万と言ったろ」

「ねえよ、これで終わりだ」

「残りは明日でいい」

明彦はそっけなくそう言って、なにごともなかったような顔で肩を並べて歩き出す。明彦と健次郎の立場はすでに百八十度、逆転していた。健次郎に脅《おど》され、利用されつづけてきた明彦は、いとも簡単に健次郎になりかわった。健次郎は身をもって明彦にゆすりの方法を教えたようなものだ。たまらない嫌悪《けんお》感と屈辱《くつじょく》感に、硬い表情で健次郎は機械的に歩いて行った。健次郎の少し後ろを、ちはるが気になるようについて行く。

この日の朝早く、金八先生は好太を連れて、大西先生の病室を訪れた。片方の肩にギブス、胸にコルセット、頭に包帯《ほうたい》という痛々しい姿を目にして、金八先生は眉根《まゆね》をよせた。

「いかがですか、痛みますか」

「痛くないと言ったら嘘になりますが、今は点滴《てんてき》にも痛み止めが入っているようで、あとは日がたつのを待つしかないでしょう」

見かけの痛々しさのわりに、大西先生の口ぶりは元気そうだった。好太は大西先生の姿を目にしたとたん、ショックで言葉も出ずに、また泣きそうになりながら頭を下げた。少年の様子を見て、大西先生は優しく微笑した。

「昨日も来てくれたんだってね。デラちゃんから聞いたよ。追い返されたんだって？」

「ごめんなさい、もう二度と死ねなんてこと、誰にも言いません」

大西先生は素直に謝まる好太をいとしそうに眺《なが》め、うなずきかけると、金八先生を振り返った。

「約束破りのお灸《きゅう》、効《き》きすぎたようですな。私も最後のご奉公《ほうこう》、何かの役に立ちたいと少し気合いを入れすぎました」

昨日の騒ぎはもう大西先生の耳に入っているらしい。

「ショック療法としては、たしかに効果絶大《ぜつだい》でした」

そう言って金八先生が苦笑すると、大西先生は真顔になって金八先生を見つめ、詫《わ》びた。

「そのためにあなたを学校から追うようなことになったら、私は死んでも死にきれなかったでしょう……まさに年寄りの冷や水、ご迷惑をかけました」

金八先生が言葉を返せないでいると、元気よく病室のドアが開いた。

「じっちゃん、おはよう！」

デラが駆け込んできたのだ。じっちゃんのいる場所がデラの学校だった。大西先生は微笑して言った。

「おお、おはよう。学校へ行って出席とって、その後でまたおいで」

三Ｂの教室では、健次郎のまわりに不自然な空間ができていた。ちはる以外のだれも、健次郎に話しかけようとするものはない。しかし、健次郎はちはるの心配をうるさそうに振り払った。

あの日から一週間が過ぎ、金八先生の「謹慎」が解かれた日、金八先生が「朝の読書」の本をたずさえて教室のドアを開けると、教室には割れるような拍手と歓声が鳴り響いた。先生、寂しかった、と甘える声がいくつも聞こえる。金八先生も浮き立った気分で、一人ひとりの生徒の顔、手にした本を見ては声をかけた。「朝の読書」のすべり出しは好調で、今やこの十分間を楽しみで、本を忘れてくるものは一人もいないという。皆が競《きそ》って、読んでいる本の面白さをアピールした中、慶貴《よしたか》が自慢そうに見せたのは電子ブックの端末機《たんまつき》だった。

「へえ、こういうのがあるとは知っていたけど、見たのははじめてだよ」

そう言って金八先生が慶貴の操作に目をやると、ヒルマンや敬太がすぐに野次《やじ》をとばした。

「でも、それはやっぱ本じゃねえよ、マシンだよ、マシン」

「やっぱ、本てのはパラパラと見るやつでなくちゃ」

「そうは言うけどな、敬太、君たちはすでに手紙もおしゃべりも電子メールでやりとりしてるじゃないか」

金八先生の言葉に、ホラ見ろと慶貴が勝ち誇《ほこ》ったような顔をする。しかし、慶貴の手にある機械はやはり金八先生の目にも味気《あじけ》なく映る。

「いいですか、みんな。人類の歴史始まって以来、二十世紀後半ほど科学技術が進歩した時代はありません。その進歩のなかには人を幸せにするものもあったし、不幸にしてしまうものも生み出されました。それらを踏まえて君たちは二十一世紀を生きていく。当然、日常生活は変化します。だからって、昔を懐かしんでいるばかりいるわけにはいかないけど、私たちの世代はね、正月はお年玉をにぎりしめて本屋さんに飛び込んだ、あのわくわくした気持ちは忘れられないんです。ずらりと並んだ本の背表紙《せびょうし》を、カニみたいに横歩きしながら、この本にはどんな人の物語がつまっているのだろう、どんな世界に連れていってくれるのだろう……何冊もいっぺんに買えないからよけいにワクワクしました」

「私、わかります」

読書家の蘭子が目を輝かせながら言った。

「うん。だけどやがて、本屋さんとはメモリーカードにコピーしてくれるところになってしまうかもしれない。だから、立ち読みも含め本屋さんの持っている雰囲気をしっかりと自分のものにしてくれないか。書棚から一冊を抜き出してみる、するとパリパリなんてページがくっついていたのがあったり、真新しい本の匂《にお》いがする。そのことを君たちは、やがて君たちの子どもに話してください。これは歴史の証人だよ」

　教室は静まり返って、生徒たちは久しぶりに聞く金八先生の話に耳を傾けている。

「そのとき、君たちは君たちの子どもに、古い話ばっかりして、と笑われてはいけない。センターにいるお年寄りが初めからお年寄りでないのと同じで、君たちもいろんなことにめぐりあい、経験して君たちの子どもと語り合うのです。だから、生き生きと語り合ってほしい。そのためには、今を生き生きと生きることです。生き生きと生きるためには、もちろんいろんなぶつかり合いもあるでしょう。たとえば、好太がふざけ半分に大西さんにひどいことを言ってしまった」

　金八先生の視線を、好太は真剣そのもので受けとめた。大西さんとの一件は、確かに好太の人生で大きな意味を持つに違いなかった。金八先生は好太の二つ前に座っている健次郎に視線をすべらせた。健次郎はずっと目を伏せたままだった。

「健次郎は今なんとなく仲間とうまく話し合えていない。それを乗り越えるには、相手の気持ちを思いやることです。すべてが合理的で競《きそ》い合わなければいけないなんて風潮《ふうちょう》は、今やむしろ時代遅れです。科学がどんなに便利なものを生み出しても、それが本当に人間を豊かにするものでなければ、やがては消えてゆくでしょう。でも、豊かな人間とは何か、それをどうぞ朝の読書の中から探してください。赤毛のアンが、相手のひと言でぱっと勇気や希望を持ったとき、あるいはそのひと言でそんなにも傷つくものなのかと自分のことのように考える。ガラスのうさぎがその人にとってどれほど大切でどんな思い出があったのか、主人公の気持ちを汲《く》みとれる人になること。豊かになるとは、そういうことじゃないのかな」

篤や邦平がまじめな表情で聞いている。理解はしても実際に寛容《かんよう》になることは難しいに違いなかった。健次郎が謝まってもいないため、なおさらである。金八先生は思いをこめて三Bたちに語った。

「将来、君たちはどんな仕事につくかわからないけど、人を不幸にするようなことでお金を儲《もう》けても、心貧《まず》しい人になるだけです。それはとっても寂しい人生だよねえ。そうならないために、心の広い人間になるために、友だちと仲良くしようよ。お互いに認めてやり、助け合い、時には心から忠告してやる友情を、どうぞこの朝の読書でもつちかってください」

それからほどなく、三年生にとっては本格的な受験シーズンに突入した。

同じ高校を受けるものは、まとまって願書提出に行く。三Bでは願書提出や面接で、高校へ出かけて行くものがあるたびに、残りのものでエールを送っていた。私立推薦入試の前日は、私立一般入試の願書提出日だった。難関の開栄高校を受験するのは慶貴《よしたか》、篤《あつし》、邦平、健次郎、ほかに正文高校を蘭子と修三が受ける。六人が前へ出ると、いつものように派手《はで》な声援がかかった。はばかることのない利己《りこ》主義をつらぬいて親しい友だちのいない慶貴にも声援は飛んだ。しかし、健次郎を応援する声はだれからもあがらない。たまりかねて、ちはるが叫んだ。

「健ちゃん、がんばれ！」

だが、その澄《す》んだ声に呼応《こおう》するものはなく、敬太や明彦たちは逆に反感に顔をゆがませた。友だちの多いちはるだったが、こと健次郎に関しては教室で孤立《こりつ》していた。

翌日の私立推薦入試の日、幸作は朝からご機嫌で、とても受験生とは思えないほど目尻《めじり》を下げて家を出た。本命の高校は別だったが、今日はちはると同じ陽光高校を受験するのである。Ｃ組に移ってからは、ちはるのくりくりと動く瞳や、ぱっとひろがる笑顔を眺《なが》める時間も減ってしまった。今日はちはると一緒《いっしょ》に出かけられるというだけで、幸作は大はりきり、朝早くちはるの家である安井病院まで迎えに行った。

受験するのは、恵美や有里子《ゆりこ》、美佳子、三郎も一緒だが、幸作の目にはちはるしか映っていない。皆が受験の緊張でドキドキしている中、幸作だけは別の意味でそわそわと落ち着かず、何かとちはるの世話をやいていた。改札《かいさつ》を入り、ホームで電車を待っているとき、ちはるが幸作を見上げて言った。

「ねえ幸作、お願いがあるの」

「なになに？　言って。ちはるちゃんの頼みなら何でもきいちゃう」

キラキラ光るちはるの瞳にどぎまぎしながら、幸作は舞い上がって答えた。が、ちはるの頼みの内容は幸作の頭をガーンと一撃《いちげき》した。

「お願い、健ちゃんの力になってあげてほしいの」

ちはるが健次郎に思いを寄せているらしいのは幸作にもなんとなくわかってはいたが、こうもはっきりと言われると、いくら幸作がお人好《ひとよ》しでも恋敵《こいがたき》の面倒《めんどう》をにこにこと引き受けるわけにはいかない。相手があの鼻持ちならない健次郎とくればなおさらだ。幸作はたちまち不機嫌《ふきげん》な顔になった。

「なんでオレが奴の力にならなきゃなんねえの」

「みんな幸作のお父さんに注意されたのに、健ちゃん、やっぱりハブかれてる」

「奴がやったこと考えたら、当たり前だろ」

幸作はむすっとして言ったが、ちはるはあくまで鈍感《どんかん》だった。

「そういうの、いや。私たち小学校からずーっと仲良しだったでしょう？」

「それは過去形。高校で別々になれるんでせいせいしてらあ」

幸作を見つめるちはるの目に、みるみる涙がふくれ上がった。

「ひどい。私、幸作がそんな冷たい子だとは思わなかった。みんなはともかく、幸作だけは！」

幸作は大ショックだ。これまでずっと、ちはるをかばって、ちはるの頼みを聞いてきた。でも、聞けない頼みだってあるのだ。横を向いた幸作に、ちはるはなおも甘えるように幸作の名を呼んだ。

「いいよ、わかったよ！」

ぱっと顔を輝かせたちはるに、幸作は捨《す》て鉢《ばち》に言った。

「おれはどうせ冷たくて、大好きなちはるちゃんの頼みも聞けない男だよ」

ちはるは顔をおおって泣き出した。みんなが驚いて寄ってきて、幸作を責《せ》める。

「わかったよ、わかった！　どうせオレが悪いんだ！」

頭に来て幸作はやけくそで叫んだが、その声は半分涙声だった。

高校へ向かう間、ちはるの涙はすぐに乾《かわ》いたが、幸作は心の中でずっと泣きつづけた。幸作を責めたちはるの言葉が、幾度《いくど》も頭の中でこだまして、試験の作文は惨澹《さんたん》たるありさまだ。こうしてすべりどめと思っていた陽光高校の入試を、幸作はあっけなくすべったのである。


それでもその日の夕方、幸作は健次郎の家を訪れた。玄関に仁王《におう》立ちになり、ついて来い、と顎《あご》をしゃくる幸作のウムを言わさぬ迫力に、健次郎はしぶしぶ後をついて家を出た。川原までやってくると、幸作は振り向きざま、健次郎の顎に強烈な一発をくらわした。不意をつかれてよろめく健次郎に、幸作は怒鳴《どな》った。

「おれは今日、作文なんかメタメタだった」

「それがどうした」

「おまえのこと頼むと、ちはるに言われたんだよ」

「ちはるに？」

健次郎がちはるの心配に気づいていないらしいのが、よけいに幸作には腹立たしい。

「一発ぶちかまさなきゃ言えなかったけど、ちはるはおれの初恋の子だ。そのちはるから貴様のことを頼むと言われた気持ち、わかるか」

「関係ねえよ、そんなこと」

健次郎は軽蔑《けいべつ》したようにそっぽを向く。

「ウソ言え、おまえハブかれてんだろ、三Bの連中に。ちはるはおまえが心配でたまんねえんだよ。オレはてめえみたいな奴、大っ嫌いなんだ。けど、ちはるの頼みなら力になってやると言ってんだ。けどな、今度オヤジの三Bをひっかきまわすようなマネしたら勘弁しねえからな」

「余計《よけい》なお世話だ。おまえに面倒《めんどう》みてもらうことなんか何もねえ」

どんなに孤独で寂しそうに見えても、やはり健次郎のかたくなさとプライドの高さは以前のままらしい。どうしてこんな奴を、と思いながらも幸作はちはるの涙には抵抗できなかった。

「それじゃあ、ちはるの気持ちはどうなるんだ」

「知るかよ、オレは今、それどころじゃねえんだ」

「ふざけんな！　汚ねえ手でみんな脅《おど》かして好き放題《ほうだい》やってたのがバレて、三B全員にシカトされた中で、ちはる一人がおまえのこと心配してんだぞ！」

「うざってえバカどもが離れたんでせいせいしてらあ。オレは帰る」

精いっぱい強がってきびすを返した健次郎の背中に、幸作は飛びかかった。が、健次郎は空手部で鍛《きた》えている。逆に回し蹴りを決められて仰向《あおむ》けにひっくりかえる。それでも幸作はひるまず体当たりし、二人は冷たい風の吹きぬける川原を上になったり下になったりしながら、殴り合った。

「ちはるが、ちはるが可哀《かわい》そうだろ！」

「うるせえーッ」

二人は泣きながらとっくみあっていた。

突然、空気を切り裂《さ》く鋭い笛の音がした。ハッとして見ると、夕闇《ゆうやみ》にもつれあう人影《ひとかげ》を見つけた大森巡査が自転車をうち捨ててこちらに走ってくる。

「こらッ、おまえたち何サしてるんだ！」

巡査の姿を認めると、幸作はパッと健次郎の盾《たて》になって叫んだ。

「逃げろ！　早く」

健次郎はものも言わずに逃げ出し、そこには棒立《ぼうだ》ちの幸作だけが残った。
大森巡査に付き添われて帰宅した幸作は、金八先生にわけを聞かれて、ただ涙の下から
「女の子は残酷だ」とだけ言うと、蒲団《ふとん》にもぐり込んでしまった。金八先生はそれ以上、何も聞かなかった。

泥まみれの服のままふらふらと歩いているうちに、闇《やみ》はすっかり深くなった。健次郎は疲れ果てていた。気がつくと、花子先生のアパートの前に来ている。窓の明かりが暖かそうにともっているのをしばらく見つめていた健次郎は、ポケットから携帯《けいたい》電話を取り出すと、もうそらで覚えている花子先生の番号をダイヤルした。

「はい、渡辺です」

ふいに明るい日だまりに入ったかのような、なつかしい声がした。

「もしもし、僕です。兼末《かねすえ》です」

「うん、どうした？」

そう聞かれて、健次郎は言葉に詰まった。衝動的に電話をかけたものの、うまい口実《こうじつ》も思いつかない。健次郎の沈黙に、花子先生はこのところずっと気になっていた健次郎の寂

しげな様子を思い出した。

「今、どこ?」

「いえ、ちょっと声が聞きたくて……」

結局、健次郎は本当のことを言った。

「うん、なんか今日、元気なかったじゃない? 心配してたんだ。だからさ、声だけじゃなくて顔も見に来たら? 私の顔って元気が出る顔なんだって」

花子先生の声はいつものように明るい。それは今の健次郎の心を暖《あたた》めることのできる唯《ゆい》一《いつ》のものだった。

「じゃ、待ってるから、ね」

そう言って電話は切れた。健次郎はしばらく手の中の電話機を見つめていたが、また足をひきずるようにして歩きはじめた。遠くに走る電車の窓が、流れる光の帯になって見える。どこを歩いても、健次郎を慰《なぐさ》めるものは見つからない。疲れ果てて、健次郎は花子先生のアパートに戻ってきた。

玄関に立った、泥まみれの、口の端を血で汚した少年を見て、花子先生は目を丸くした。

「どうしたのその顔! とにかく中へ入って」

「すみません」

健次郎は小さな声で言って、部屋へ上がった。

「これ飲んで、体があたたかくなったら、何があったか話してごらん」

花子先生が出してくれた飲みものには手をつけず、テーブルの前にうつむいたままぽつりと言った。

「……このごろ、なんだかやる気が出なくて」

いつもはきはきと活発《かっぱつ》で、甘い微笑を浮かべて走り寄って来た健次郎とは別人のようだった。

「……いつも今頃がいけないんです」

「今頃って？」

花子先生が身を乗り出すようにして、健次郎の顔を見ると涙ぐんでいる。

「姉が亡くなったのも雪だったし……」

姉が真っ白い雪の上に鮮血《せんけつ》を散らして横たわっている姿は、今でもよく夢に見る。健次郎の慕《した》っていた裕美《ひろみ》は、スキー場で、健次郎の目の前で立木《たちき》に激突して亡くなったのだった。

「そうだったの……。兼末《かねすえ》くんはお姉さんのこと、ほんとに大好きだったんだね」

「なんでも、話きいてくれたから……」

「先生だって聞いてあげるよ。もし私でよかったら」

そういう花子先生に、あまりにも生なましく姉の面影《おもかげ》がだぶって、健次郎は息苦しいほどのなつかしさに言葉を失った。もともと花子先生に惹《ひ》かれたのは、死んだ姉の裕美に雰囲気が似ているからだった。後で年も同じと知ったときには、まるで姉が生まれ変わって自分のそばに現われたかのようで驚いた。

「こら、何か言いたいことがあって来たんでしょ。話してごらんよ、なんでやる気がしないの？」

花子先生に聞かれて、健次郎は重い口を開いた。弱みを見せられるのは、今の健次郎にとって花子先生だけである。

「……開栄高校に入れたとして……その先どうなるのかと思うと、あまり楽しくないんです」

健次郎の頭には、抜群《ばつぐん》の成績で開栄、東大と合格し、しかし今は暗闇《くらやみ》の怪物《かいぶつ》と化《か》している雄一郎のことがある。けれど、もちろん花子先生はそんなことは知るよしもない。花子先生が雄一郎について知っているのは、健次郎が兄弟そろって優秀だということ、母親の麻美が必死に守っている成功したエリート一家としての評判だけだった。

「でも、いつか君は言ってたじゃないの、海外留学もして活躍の場を日本だけに限りたくないって。君のお兄ちゃんだってそうでしょ」

健次郎の目が宙《ちゅう》を泳ぐ。しかし、花子先生は健次郎の沈黙を肯定と受け取って、ひとり納得《なっとく》した様子だ。

「そうかあ、いちばん相談相手になってくれる人がアメリカにいるんじゃあ、電話は時差《じさ》もあるし、もどかしいよねえ」

仕方なく健次郎はこくりとうなずいたまま、顔を上げることができなかった。


翌朝から通学路には、健次郎と連れ立って歩く幸作の姿が見えた。幸作は律義《りちぎ》にも毎朝、健次郎の家の前で待っていた。健次郎のことは好きになれなかったが、ちはるの笑顔を見ると、幸作の気持ちは慰《なぐさ》められた。

「迎えに来なくたっていいんだ、うざってえや」

「おれだって、うざってえよ」

ため息まじりに横目でにらむ健次郎に、幸作も負けずに言い返した。

「ちはるのやつ、余計《よけい》なことしやがって」

「ちはるちゃんだけじゃねえよ、おまえの担任からもおまえがハブかれないようにうるさく言われてるんだ」

「担任から……」

健次郎が絶句する。

「おれも観念したんだから、おまえも観念しろ」

「もっとうざってえ」

憎まれ口をたたく健次郎を見て、幸作はなぜだか笑いたくなった。思えば、ちはるの言う通り、小学校の頃の健次郎は気がきいていて面白い、話のわかる遊び相手だったのである。けれどやはりあの頃には戻れない、と幸作は思った。二人は並んで歩きながら、互いにそっぽを向いていた。しかしそれが、遠目にはとても仲良さそうに見える。

三Bたちは二人の姿を見て驚いた。幸作は金八先生が健次郎につけたボディーガードだというのが、もっぱらの噂だった。

「健次郎ってハブかれてるけど、ボコボコにされてないのは、たぶん担任が幸作に頼んでるんだと思うよ」

バーバラはわけ知り顔でちはるたちにそう語っていた。幸作と健次郎のカップリングに、いちばん驚いたのは明彦だ。ある日、明彦は落ち着かない様子で、廊下で幸作を呼びとめた。

「健次郎、おまえに何か言ってたか」

おそるおそるたずねる明彦の不安そうな目つきをみて、ピンときた幸作はわざと意味ありげに答えた。

「ああ、いろいろと聞かされたよ」

幸作の答えを聞いて、明彦は青ざめた。

休み時間、明彦はなにげなく健次郎の近くを通りかかるふりをしながら、ささやいた。

「返すよ、返せばいいんだろ」

健次郎が黙っていると、明彦は恨《うら》めしそうに上目で見た。

「けど、チクることねえだろ」

そう言い残して明彦は背を向けた。健次郎にはわけがわからなかったが、聞きただす気も起きなかった。いろいろと考えるには疲れすぎて、思考を集中させることができなかった。

学校の行き帰りは、されるがままに幸作に付き添われていたが、教室では健次郎は相変わらずひとりだった。仲間とバカなことを言ったりやったりしている間は忘れることができていた悩みは、いまや健次郎を片時《かたとき》も休ませない。自分たち家族はいつまで嘘をついていくのだろうか。自分は、兄は、この先どうなるのだろうか……。将来のことを考えると暗澹《あんたん》たる気持ちになって、勉強も手につかない。なぜか、母親の麻美の念頭に将来への不安はないらしかった。父親にしても、何を考えているのか、健次郎には見当もつかない。

そして、だれも予想しなかったことに、健次郎は本命ではなかった都立青嵐《せいらん》高校を落ちた。

うなだれて不合格を知らせると、麻美は不思議そうに言った。

「そう……残念だったわね。お兄ちゃんは青嵐も開栄も合格だったのに、どうしたんでしょう」

麻美に悪気《わるぎ》はないが、その言葉は健次郎の心を刺《さ》した。母親に顔を見られないようにして上がりかまちを上がろうとすると、チャイムが鳴った。麻美がすがるように健次郎を見る。

「どなたですか」

「オレ」

明彦の声を聞き、健次郎は玄関に出ると、扉を細く開けた。明彦が中に入ろうとする。

それを健次郎はあわてて外に押し出したが、明彦の目はすでに玄関の片隅《かたすみ》に置かれている、
健次郎のものよりはるかにサイズの大きなスニーカーをとらえていた。

「また、金か？」

健次郎が嫌悪《けんお》にみちた目を向けると、明彦は返しに来たんだという。

「くれてやったんだ、いらねえよ」

そうこたえるのが、かつての子分にゆすられる健次郎のせめてものツッパリだった。

「返すよ、チクられたんじゃたまんねえ」

「チクる？　おまえなんかにせびられたこと、恥ずかしくてだれに言えるか」

しかし健次郎の言葉は、明彦には信じられないらしい。

「幸作に言ったじゃねえか。奴に話せば、親が担任だもんな、やべえに決まってらあ」

健次郎は学校での明彦の態度を思い出して納得したが、とにかく一刻《いっこく》も早く明彦を自宅
から遠ざけなければならないという焦《あせ》りの方が先に立った。

「オレはだれにも言ってない。いいから帰れよ」

明彦の差し出したくしゃくしゃな封筒には目もくれず、健次郎が中へ入ろうとすると、なんとはなしに明彦がたずねた。

「よ、あれ、だれの靴だ？　カッコいいな」

明彦の視線をたどって、健次郎はギクリとなった。顔に血が上ってくるのが自分でもわかったが、とっさに父親のものだと答えて、健次郎は急いでドアを閉め、無意識に鍵《かぎ》までかけた。

不安そうに待っていた麻美は、スニーカーを靴箱にしまう健次郎を見て言った。

「ごめんね、ついしまい忘れて」

「ぼくも気をつけます。出しておくのは夕飯《ゆうはん》終わってからにしましょう」

健次郎の言葉に麻美も賛成した。


数日後、健次郎が青嵐の推薦《すいせん》は不合格だったと聞くと、父親の栄三郎は少し同情したようだった。しかし、そもそも栄三郎は健次郎の入試の日程を知りもしなかったようである。雄一郎の時は家中が大騒ぎで、雄一郎のスケジュールに合わせて動いていた。本命の開栄までのあと一週間だと聞いて、栄三郎はホテルをとってやろうか、と言う。夜な夜な暴れたり、パシリを言いつけたりする〝怪物《かいぶつ》〟が隣室にいるのでは、とても落ち着いて勉強できないに違いない。

「できればぼくもそうしたいです。でも……」

健次郎は一瞬言いよどんだが、思いきって父親を見た。

「パパが少し早めに帰ってきてくれたらいいけど……ママひとりではとてもお兄ちゃんのこともちません」

栄三郎がさっと目をそらし、なにげないふうに拒絶する。

「……どこも今は決算期をひかえていて、そう早くは帰れんよ」

「そうなんでしょうね」

冷静にそう答える健次郎には父親に対してもう以前のような反発はなく、ただあきらめのようなものだけが残っていた。

夜中、ジョギングから戻った雄一郎が玄関からそのまま足音たかく二階へ駆け上っていくと、麻美と健次郎は無言で手早く玄関の鍵《かぎ》をしめ、靴を隠す。習慣と化しているらしいその作業を、栄三郎はただ呆然《ぼうぜん》と眺《なが》めていた。

朝の通学路で、無言の健次郎の横に並んだ幸作はさりげなく言った。

「開栄に受かったら、一度、中野先生のとこに行くんだな。ケリをつけなきゃ、おまえ、ハブかれっぱなしだぜ」

幸作も幸作なりに健次郎の立場をいろいろと考えているらしい。しかし、健次郎はひとごとのような顔をしている。

「どうでもいいさ、そんなこと」

「そうか、合格したら卒業式まで欠席するか」

幸作の皮肉《ひにく》を健次郎は自嘲《じちょう》で返した。

「その方が目ざわりでなくていいんだろ」

「まあな、本音はそんなところだ。けど、ちはるちゃんが悲しむ」

健次郎が黙っていると、幸作はくやしまぎれに言った。

「だいたいが、あんな可愛い子、おまえにはもったいねえや」

「うっせえな！」

健次郎に怒鳴られて、幸作もカッとなる。

「ボケ！　てめえなんか犬に食われて消えりゃいいんだ」

「おれもそう思っている」

そう言った健次郎の声の冷え冷えとした響《ひび》きに、幸作はどきりとして思わず健次郎の顔を見た。

善悪は別としてクラスのリーダー格だった健次郎の変貌《へんぼう》は、いやがうえにも目についた。健次郎は日に日に疲れて、小さくしぼんでいくように見える。クラス全員の前で健次郎をつるしあげてしまったことを、金八先生は後悔していた。秘密がなくなれば、新しく出発できるだろうと思ったのだ。しかし、健次郎を苦しめているのは別の秘密であるらしい。花子先生や本田先生も心配して健次郎と話をし、手をさしのべたが、健次郎がかたくなに口をつぐんでいる以上どうすることもできなかった。


家庭で、学校で、重荷《おもに》にあえぎながら、それでも健次郎がみごとに開栄に合格した翌日の夜、その〝秘密〟は思いがけなく明るみに出た。

その夜も鼻歌まじりに夜回りをしていた大森巡査は、前方に黒いパーカーのフードをすっぽりかぶった例の不審《ふしん》な人影を発見し、「怪人二十面相」との捕《と》り物がはじまった。

「コラ、待ていっ！　くそぉ、今夜こそ逮捕する！　怪物めが脇道《わきみち》で撒《ま》こうたって、そうは行くか！」

大森巡査は黒い影が走り込んでいった脇道を避け、別の道から表通りに先回りしようと、全速力で自転車を走らせた。その表通りを「スーパーさくら」の明子、利行夫婦が店の軽トラックでやってきたとき、突然脇道から黒い影が飛び出し、明子が悲鳴をあげた。その絶叫に利行が反射的に急ブレーキを踏む。ところが、反対側の暗い道から飛び出してきた大森巡査は車のライトに目がくらんで、ライトと巡査の中間に立ちすくんだ黒い影に自転車ごと激突した。白い自転車が宙《ちゅう》をはねてすっ飛んだ。

「ひ、ひいてないよね」

「で、でんわ、救急車だ！」

夫婦がふるえる足で車を降りると、地面には二人の男が投げ出されたように倒れている。薄暗い路上でその顔を確かめると、一人は大森巡査だとすぐにわかったが、悪臭《あくしゅう》を放つもう一つの巨体はなにやら異様なオーラがある。

「もしかしたら、大森さんが追っていた怪物かな」

利行の言葉に、明子は思わずとびのいた。

「やだよ、恐いよ。大森さん！　大森さん！」

見ると、大森巡査の額《ひたい》からは鮮血が流れ落ちている。仰天《ぎょうてん》して揺《ゆ》すると、うめきながら意識を取り戻すなり、大森巡査はあたりを見回して叫んだ。

「怪物はどうした！　つかまえろ！」

どうやら自分の怪我《けが》に気づいていないらしい。そのうち、巨大な黒いかたまりの方も意識を取り戻したのか、這《は》って逃げようとするのを、明子夫婦は二人がかりで取り押さえ、裏返しにした。

うめく怪物の顔を、大森巡査の懐中電灯《かいちゅうでんとう》が照らし出す。見ると、蓬髪《ほうはつ》と無精髭《ぶしょうひげ》でおおわれてはいるが、その目は子どものようにおびえ、体をふるわせている。

「どうした！　どこさ怪我してるか」

怪物はのろのろと脇腹に手を当てる。

「すぐに救急車サ来る。我慢しろ。だども勝手に逃げるから、こんなことになったんだぞ」

額《ひたい》を血で赤く染めた大森巡査は、必死で怪物を励ました。その様子を見ていた明子が、突然大声を出した。

「ちょっと待って。私、この子知ってるかも」

明子の言葉に、雄一郎は這《は》って逃げようとするが、利行にあっけなく襟首《えりくび》をつかまえられた。

「ヒゲモジャで汚《き》ったないからわかんないけど、もしかしたら兼末《かねすえ》健次郎の東大生の兄ちゃん」

利行と巡査が信じられないといった顔で明子を見る。

「虚偽《きょぎ》の証言は偽証罪《ぎしょうざい》だど。あそこの総領《そうりょう》息子はアメリカさ行ってるはずだ。それがなんでこったらとこで、こったらかっこうで」

そう言いながら、巡査も怪物の顔をのぞき込むが、さすがは町内の情報通、明子の目は鋭い。よく見るとその顔は、巡査にもたしかに見覚えのある特徴を示していた。

のろのろと起き上がった雄一郎は、無言のまま「頼む」というように合掌《がっしょう》し泣き出した。

その姿を巡査は呆然《ぼうぜん》と見る。

救急車が到着すると、利行は巡査と雄一郎に付き添って乗り込み、明子は金八先生の家へ走った。

連絡を受けた麻美は、すぐに頼み込んで救急車を安井病院へ回すよう頼んだ。さらに安井病院へも連絡を入れる。

「兼末でございます。今、雄一郎が救急車でそちらに向かっております。私もすぐに参りますので、個室を用意してください。そして、お願いですからこのことはご内密に。どうぞ私どもを助けると思って、お願いします！」

電話する声のただならぬ様子に、栄三郎と健次郎も起き出してきてそばで聞き耳をたてている。

「雄一郎がどうしたんだ」

栄三郎の問いに、麻美は急いで身支度《みじたく》をととえながら答えた。

「くわしいことはわかりません。けど、とにかく安井病院へ救急車をまわしてもらいました。後のことは頼みましたからね」

「ぼくも行きます！」

そう叫ぶ健次郎を、麻美はきびしく制止した。

「だめよ！　みんなで騒いで何もかもバレてしまったらどうするの」

「そんなことより……」

健次郎にとっては雄一郎は重荷《おもに》だとはいえ、姉の亡くなった今、たった一人の兄弟である。けれど、麻美は早口でまくしたてた。いつもはすがるような瞳で健次郎に甘え、疲れきって緩慢《かんまん》な動きをする麻美が、何かに憑《つ》かれたように機敏《きびん》にてきぱきと動いている。

「いいえ、ぶつかったのは自転車ですって。たいしたことないかもしれないし、こんなことで私たちの二年間の苦労を笑いものにされてたまりますか！」

「そんな！　自転車との衝突で死んだ人だっているんだ。もしものことがあったらどうするんだよ！」

心配のあまり大声になる健次郎の頰《ほお》を、麻美の平手が鋭く打った。

「落ち着きなさい、麻美！」

そう叫んだ栄三郎を、麻美はきっと見返した。

「私は落ち着いています。ですから、あなたも軽々しく動かないでください。会社で変な評判がたったらどうします」

初めて見る妻の凄絶《せいぜつ》な美しさに、栄三郎は声も出ない。

「容体《ようだい》によっては連れて帰ります」

「ママ！」

玄関に立った麻美の背中に健次郎が呼びかけるが、麻美はもはや見向きもせず靴音をひびかせて出て行った。

残された二人はじっとしていることもできず、二年ぶりに雄一郎の部屋の扉を開けた。

電灯のスイッチを入れると、立派な構えのこの兼末家の中に別世界があった。荒れ果て、モノとゴミとホコリで埋め尽くされた室内が蛍光灯に照らし出され、ある程度予想はしていたものの、その無残な光景に二人は息を呑んだ。

「……お兄ちゃん」

健次郎は兄への同情に打ちのめされた。目にしたものは、兄の苦悩《くのう》そのものだった。家の問題をすべて麻美と健次郎まかせにしてきた栄三郎が、自分も安井病院へ行くと言い出した。

「このまま放っていくわけにはいかないよ。雄一郎もママも」

ショックで無口になり、不安そうに父親の顔を見上げる健次郎を、栄三郎は部屋から押し出し、灯りを消してドアをしめた。

「詳しいことがわかり次第、電話するから、おまえは残っていなさい」

「ぼくは……」

健次郎の顔はいままで見せたことのないほど心細そうで、今にも泣き出しそうだ。けれど、栄三郎には健次郎の顔色まで見ている余裕はない。

「いいね。誰ひとり家に入れてはいけない。電話も私とママのほかはだれとも話すな」

「パパ……」

そして父親も、健次郎を振り返らずに出て行った。


事故現場からまっすぐにやってきた明子から話を聞き、金八先生は驚いたが、すぐにすべてを理解した。アメリカ留学中のはずの健次郎の兄がどういう経緯《けいい》で大森巡査のいうところの「怪物」になったのかはわからないが、健次郎が何かを隠していた様子と明子の話とは、金八先生の頭の中でぴったりと重なった。

「そうか……健次郎はそれを必死で隠していたんだ……そのためにあの子は……」

健次郎の苦悩を思う金八先生の胸が、万力《まんりき》ではさまれたように締め付けられる。明子から話を聞き終えると、金八先生はいてもたってもいられずに健次郎の家へ走った。


大きな家に押しつぶされそうな不安とともにひとり取り残された健次郎は、ソファの上に手足をまるめ、虫のように転《ころ》がったまま孤独《こどく》とたたかっていた。虚脱《きよだつ》したような顔に、涙だけが生温《なま》かく流れ落ちていく。なにか遠くで音がするような気がして起き上がってみると、すぐそばの電話のベルが鳴っているのだった。

「もしもし」

「健次郎か、坂本だ」

思いがけず、心配そうな金八先生の声が受話器から聞こえてきて、健次郎の中ではりつめていた糸が切れた。

「先生！」

「今、表にいる。一人でいるんじゃないかと思って心配で来たんだ……立ち入りすぎるならこのまま帰るけど、声を聞いたんで少し安心した……」

金八先生は兼末家の門の前に、乙女《おとめ》の携帯《けいたい》電話を耳に当てて立っている。と、いきなり玄関のドアが開き、はだしのまま健次郎が走り出してきた。

「健次……」

アッと思う間に健次郎は金八先生の胸に飛び込んでいた。耐えてきたあらゆる思いが一気にこみあげてきたのか、金八先生にしがみついたまま健次郎は体中をふるわせて号泣《ごうきゆう》した。仮面が剥《は》がれ落ちたあとには、傷つき、助けを求める十五歳の少年の顔があった。金八先生は無言のましっかりと健次郎の肩を抱きしめた。

健次郎は金八先生を家の中に招《まね》き入れると、そのまま二階に上がり、雄一郎の部屋のドアを開けた。

金八先生は引きこもりの青年の生活を生なましく語る部屋を見ると、一瞬棒立《ぼうだ》ちになったが、何も言わなかった。砕《くだ》け散った秘密を前に、健次郎は兄のベッドに崩れるように腰を下《お》ろした。悄然《しょうぜん》と肩を落としたその姿は小さく見えたが、これまでとは違って、落ち着いた等身大《とうしんだい》の言葉で長い告白をはじめた。

金八先生は健次郎が話をしやすいようにと、部屋の隅から段ボール箱を見つけ、その中に次々とゴミをほうり込んでいきながら、その告白に耳をかたむけた。もう二年あまりもこんな生活を続けてきたと聞いたとき、金八先生は、よく耐えてこられたものだと驚くばかりで、言葉が出なかった。しかし、健次郎の話に家族を恨《うら》む言葉はない。兄は自分とは違ってとてもいい子だったと、健次郎は回想する。

「これがそのいい子のなれの果てか」

金八先生の口を思わずついて出たつぶやきに、健次郎はすすりあげながら、雄一郎をかばった。

「でも本当なんです。頭もよかったから中学も高校もずっと一番で……ほんとに勉強が好きだったんです。おとなしくて、僕みたいに叱《しか》られたことなかったし。けど大学に行って少しずつ変わったみたいで……」

幼かった健次郎にとっては、両親が手放《てばな》しでほめ、期待をかける雄一郎が理想の兄と映っていたに違いない。親の手にくるまれすぎて不器用に育ち、他人とのコミュニケーションに失敗し、そのいらだちをすべて親のせいにすることしかできずに、家庭内暴力と引きこもりに逃げ込んだ雄一郎の姿を、健次郎は客観的に突き放して見ることができなかった。

けれど、健次郎にとってある意味で母親よりも母親らしかった長女の裕美《ひろみ》には、そのことが見えていたのだろう。おとなしかった兄が豹変《ひようへん》した夜のことを、健次郎は思い出す。いつもと同じく帰りの遅い父親抜きでの夕食をすませたとき、雄一郎が言い出したアメリカ留学のことが話題にのぼった。

「いいじゃない？　思い切って行かせてみたら」

そう言った裕美を、母親の麻美は非難するように見た。

「思い切れるわけないでしょ。雄一郎がどうして一人で外国でなんか暮らせると思うの」

麻美のヒステリックな声の下に、健次郎は反射的に身をかがめ、雄一郎は自分の代わりになんでも答えてしまう母親に呪縛《じゆばく》されたかのように口をつぐんでいる。麻美をおそれず対等に話ができるのは、裕美だけだった。

「一度、言おうと思っていたの。ごめんなさい。でも、そうさせたのはママたちなのよ。あいさつひとつだって私や健次郎には厳《きび》しかったくせに、雄一郎には甘かった。それが、大学にも行かれなくなった原因でしょ」

しかし、裕美の言葉を麻美は理解しない。

「ばかなこと言わないで。この子は小さいころから神経質だったから……どの子にもそれぞれ個性があるのよ」

「ママが雄一郎を手放したくなかったのよ」

長女もまた一歩もひかなかった。自分のことだというのに、この場にうつむいて一言も話さず、最近はどもるようになった弟のことを本気で心配しているのだ。

「雄ちゃん、本当のことを言ってごらん？　ほんとにアメリカ留学をしたいの？　パパが言ったからなの？　雄ちゃんの人生なのよ。私は雄ちゃんが本気で自分を試すというのなら賛成だし、応援する。けど、大学で教授や友だちと話も出来ないからという理由では、結局は逃げ出すだけのことじゃないの。それに、日本と違って外国では、自分の思うことをはっきり言えなければ生きていかれないのよ」

裕美が心をこめて話しかけても、雄一郎は黙っていた。裕美に張り合うようにして、母親が言った。

「いいのよ、雄ちゃん、本当にアメリカで勉強したいというのなら、ママだって応援する。うちにはしっかり者のお姉ちゃんもいることだし、ママも一緒にアメリカへ行ってあげる」

その言葉を聞いたとたん、雄一郎はバッと立ち上がり、食卓の上の皿をなぎ払うと同時に吠《ほ》えた。

「やめろ！　もうたくさんだーッ」

音をたてて床に散った皿を見て、麻美が叫ぶ。

「裕美がいけないのよ！　裕美が余計《よけい》なことを言うから！」

その日を境《さかい》に、雄一郎の家庭内暴力がはじまった。学校から帰ってくると母親の顔に殴られた痕《あと》があったりして、姉や自分がいない間に母が殺されるのではないかと、心配で夜も眠れなかった、と語りながら、健次郎は肩をふるわせた。金八先生は痛ましい思いで、その肩を抱いてやる。

暴れる雄一郎をもてあました麻美は、家を空けている時間の長い栄三郎に、父親らしくなんとかしてほしいと頼んだ。そのころ別人のように荒れ狂っていた雄一郎は、意見した父親を殴りつけたあげく、その脳天に金属バットを振り下ろそうとしたのだという。もはや、だれも雄一郎を制止できなかった。

麻美は東大に入学したての雄一郎とよく恋人のように連れ立って歩いていたが、近ごろ上の坊ちゃんを見かけませんね、と近所の人に聞かれ、とっさに見栄《みえ》でアメリカ留学中だと答えてしまう。それが、雄一郎の引きこもりを抜き差しならないものにさせ、兼末家はその嘘の影におびえながら暮らすことになったのだった。

夫婦仲は悪くなり、家のなかに殺伐《さつばつ》とした空気が満ちる中、姉の裕美だけが健次郎が安心して甘えられる唯一の避難場所だった。両親の目には、健次郎は〝付録〟的な存在でしかなかった。毎日が修羅場《しゅらば》の家の中でおびえている弟をかわいそうに思った裕美は、アルバイトのお金をためて健次郎をスキーへ連れ出してくれた。もともとやんちゃな健次郎は大好きな姉と二人で白銀の世界へやってきて、久しぶりに大声でふざけ、笑った。そして、健次郎の方を振り向いて笑いを返した裕美はバランスを失い、健次郎の目の前で立木《たちき》に激突、雪の上に投げ出されたのだった。

姉の話をしながら健次郎の瞳からはとめどなく涙が流れ落ちた。

「姉を殺したのは僕です」

「いけないよ、そんなふうに自分を責めたらだめだ」

金八先生がそう言うと、健次郎は力なく首をふった。

「でも、バチがあたりました」

「バチ？」

「姉がいなくなって、僕は初めて母に頼りにされました。僕がいなかったらこの人はダメだと思ったから……。でも、僕にはそんな力がなくて……」

「そんなこと当たり前じゃないか」

母親が健次郎を助けてやるどころか、寄りかかっていることを思うと、金八先生はむしように腹が立った。けれど、当の健次郎に母親を疎《うと》む気持ちはないらしい。

「でも、母には僕しかいないんです」

健次郎が細い声でそう言い、床のカーペットの擦《す》り切れた箇所を指した。

「見てよ、先生。お兄ちゃんがもがいてるんだ。このままじゃいけないって思ってるんです。だから、姉が死んでから、夜中に外を走ったり、体のために部屋の中を歩きまわったり……。でも、夜中にその足音を聞いて、僕、死んでくれたらいいと思ったことが……」

健次郎は耐え切れずに、金八先生の胸に顔をうずめて泣きじゃくった。成人した兄が親に当たり続けている一方で、十五歳の弟は親や兄を恨《うら》むどころか必死で心配しているのだった。華奢《きやしや》な肩を抱いてやりながら、金八先生の胸は哀れさと腹立たしさで張り裂けそうになるのだった。

しばらくして、栄三郎と麻美が帰ってきた。玄関で金八先生の靴を見つけた栄三郎は、険《けわ》しい声で怒鳴《どな》った。

「健次郎！　誰が来てるんだ」

二階から健次郎につづいて降りてきた金八先生を見ると、麻美は一瞬顔をこわばらせたが、むりやり微笑のようなもので覆《おお》い隠し、健次郎を叱責《しつせき》した。

「健ちゃん、あなたどうして先生に迷惑を」

「迷惑ではありませんよ。私は勝手に来たのです。雄一郎君のために救急車を呼んだのは、私の教え子夫婦だったのでね。健次郎くんに呼ばれてはおりません」

金八先生が、健次郎が口を開くより早く、怒りを抑《おさ》えながら答えた。

「とにかく、どうぞ、こちらへ」

栄三郎はそう言って健次郎の担任をリビングへ招き入れたが、麻美と同様、訪問を迷惑がっていることは明瞭《めいりよう》に見て取れた。

「もう遅いですし、お疲れでしょう。ひとつだけ伺《うかが》って帰ります。雄一郎くんをいつまでアメリカ留学にしておかれるおつもりですか」

「それは……今から家内とも相談して」

栄三郎は言葉を濁《にご》した。いましがた、安井病院で床《ゆか》に額《ひたい》をこすりつけるようにして、雄一郎の存在を秘密にするように頼んできたばかりである。それを見透《す》かしたように金八先生はきっぱりと言った。

「いくら内緒《ないしょ》にしておこうとしたところで、いつかはバレるでしょう。そのときの健次郎君の立場も考えて、よろしくお願いします」

「わかっております」

うるさい担任を一刻《いっこく》も早く追い払いたい栄三郎の、拒絶《きょぜつ》をこめた、ていねいな返事を聞いて、金八先生の怒りが爆発した。

「わかってなんかいません！　あなたたちは健次郎くんが、友だちを脅《おど》し、あおり、教師を傷つけ、クラスをひっかきまわしている問題児だということをご存知《ぞんじ》なんですか！」

「そんな！」

麻美が優雅《ゆうが》な顔をしかめて不当な非難を受けた被害者の顔をする。

「何がそんなですか！　今はどこの企業だって大変でしょう。しかし、オヤジは仕事だけしてればいいのですか」

「失敬《しっけい》な。あなたにそんなことを言われる筋合《すじあ》いはない」

栄三郎のこめかみがひくついた。が、金八先生の言葉は堰《せき》を切ったように止まらなかった。この期《ご》に及んで、まだ見栄《みえ》に固執《こしつ》する親を見て、健次郎が哀れでならなかったのである。

「私はね、その大変さを語ってやるのもオヤジの愛情だと思っとるんです。それをすべて女房に押しつけて、その女房はオヤジ代わりにまだ中学生の倅《せがれ》に頼り切っている。大人だって、ムシャクシャとストレスがたまれば人にも物にも当たりたくなります。この子はね、あんたたちが世間体《せけんてい》ばかり考えて大ウソをついたことをさとられまいと、心の休まる間がなかったでしょうよ。あげくに父ちゃんと兄ちゃんと死んだ姉ちゃんの分まで役割背負わされて、大好きな母ちゃんのために必死でいい子をやってきた。そりゃあ、くたびれますよ。そのぶん、この子は学校で荒れたって当たり前だったんです」

金八先生の容赦《ようしゃ》ない断罪《だんざい》にいたたまれなくなったのは、親ではなく健次郎の方だった。

「先生……」

おずおずとさえぎった健次郎に、金八先生はそっと微笑《ほほえ》んだが、栄三郎の方を向き直るとさらに激しく言葉を重ねた。

「この子はね、ただの一言だってあんたたちの悪口は言ってない。考えたらわかるよ、こんな優しい子はいない。でもあんたたちは、結局、勉強の出来る、いや勉強しか出来ない子に兄貴をつくりあげ、そっちに期待をかけてダメにして、あげくにみんなでこの子を押しつぶしてたんだ。どんなに荷が重かったかわかりますか！」

しかし、栄三郎にわかるのは、自分たちが失敗し、それを自分の家で他人から非難されているということだけだった。そしてそれは不愉快きわまりないことだった。栄三郎は威《い》厳《げん》を見せて、説教する中学教師を拒絶した。

「もうけっこうです。お話はあらためて」

「ああ、そうしましょう。けれどお願いです。どうぞ、このけなげな子を愛してやってください。間違っているかもしれませんが、この子はあなたに本当に愛されたことがないのじゃありませんか！」

金八先生が力をこめてそう言ったとき、蒼白《そうはく》になった麻美が床《ゆか》に崩れ落ちた。ぱっと駆け寄ったのは、隣りに立っていた栄三郎ではなく、金八先生のかたわらにいた健次郎だった。

「ママ！　ママ！　パパ、冷たいタオルを早く！」

うろうろする栄三郎に言うと、健次郎はひざまずいて麻美を抱き起こし、かいがいしくその背にクッションをあてがってやっている。その姿を見る金八先生の瞳から涙があふれた。

翌日、ちはるから伝言をもらって、金八先生は安井病院を訪ねた。安井病院の院長であるちはるの父親と麻美の兄は、若いころからの親友だという。そのよしみで、今まで麻美は内密にしたまま、雄一郎のことを安井院長に相談していたのである。ちはるは兼末家の秘密の事情をうすうす知っていて、健次郎のことを心配していたらしい。

安井院長は、本格的な治療を必要としている雄一郎を、体調を崩したせいでアメリカから帰国したことにしてやりたいという。この上にまた嘘をつくのか、と金八先生は呆《あき》れる思いだったが、健次郎が言っていたように、雄一郎には治りたいという意思があり、また院長の心配しているのは、麻美の方だった。何もかもばらしてしまうと、麻美が壊れるというのだ。たしかに、入院して穏《おだ》やかに眠っている雄一郎のそばから、夜の面会時間を過ぎてもなかなか離れようとしない麻美の方が病んでいるのかもしれなかった。

健次郎が、せっかく受かった開栄を「失格」になった理由を聞いたとき、金八先生は言葉を失った。健次郎の入学辞退の噂《うわさ》を聞いて金八先生が訪ねて行くと、ちょうど外から戻った健次郎と家の近くで出会った。

雄一郎が入院した夜、金八先生があれほど両親に健次郎を愛してやってくれと言ったにもかかわらず、麻美は雄一郎のことで頭がいっぱいで、翌日の入学手続きを忘れたのだという。正確には、雄一郎本人というよりも雄一郎をめぐる嘘がバレることが心配で、近所に対する体面をつぶされたそのときにはこの家には戻れないからというので、引っ越し先を探しまわる麻美に、健次郎は開栄の手続きのことを言い出すことができなかったらしい。

「体裁《ていさい》は悪いだろうさ。でも、お兄ちゃんのこれからを考えたら、そんなこと言ってる場合じゃないだろう」

金八先生が驚いてそう言うと、健次郎はまるで母親の代わりのように謝まった。

「こら、なぜおまえが謝まるんだ」

「だって僕、兄貴なんて消えてくれたらいいって、何度も何度も思ったことがあるから」

ここまで家族に尽くしてなお自分を責めている健次郎を前にして、金八先生は胸をしめつけられる思いだ。

「でも、今は兄が可哀想《かわいそう》で可哀想で。あの人、どうなっちゃうんでしょうか」

「しかし、健次郎だって可哀想だよ。私は可哀想で可哀想でたまらない」

金八先生がかわりにそう答えると、健次郎の瞳にみるみる涙がふくれ上がる。

「なぜですか、三Bをごちゃごちゃにした僕なのに」

「今、その報《むく》いを十分に受けてるからさ」

健次郎はうつむいて嗚咽《おえつ》した。

事情を話せば、三Bたちはみな健次郎の苦しみを理解し、再び健次郎を受け入れてくれるだろうと、金八先生は信じている。しかし、死ぬほど体裁《ていさい》を気にしている母親をかばって、健次郎はまだ重い荷をおろそうとしない。そしてその両親は世間的な体面にがんじがらめになって、このけなげな息子の気持ちを汲《く》んでやる余裕を失っている。健次郎の前には、まだいくつもの坂道が待ちかまえているだろう。

あたりの空気が急に冷え込んだようだ。金八先生はマフラーをはずし、学生服だけの健次郎の首に巻いてやった。こげ茶のマフラーが白く点々となっているのを見て、空を見上げると、粉雪《こなゆき》が舞いはじめている。

「健次郎はお母さんのことが好きなんだよな。でも、だからって巻き込まれるな。おまえの人生なんだから」

今の健次郎にとっては、酷《こく》な注文かもしれない。それでも健次郎はこくりとうなずき、顔をあげて今年初めての雪が舞うのを眺めた。白い雪に姉の面影《おもかげ》がだぶる。あのときはよく理解できなかった、雄一郎を励ます裕美《ひろみ》の言葉が、いま自分に向かって聞こえてくる気がした。姉は言っていたのだ。両親の過剰《かじょう》な愛情から抜け出し、自分の人生を自分の手でつかみ、歩んでいくように、と。

粉雪はしだいに密度を増し、次々に空を舞いながら落ちてくる。健次郎と並んでそれを眺《なが》めながら、金八先生はこの心優しい少年が、いつかきっと力強くはばたいていくことを一心《いっしん》に祈っていた。

あとがき

「三年B組・金八先生」の物語を、中学三年生のみなさんに観《み》てほしく、読んでほしいと思って、書きつづけてきました。

けれど、テレビは一方通行で、どう受け取ってもらえたか、作者にはなかなか伝わってきませんでした。

ところが時代は、電子メールが飛び交うようになり、TBSがもうけたホームページには今回のパートVの放送直後から続々と感想が寄せられ、その一部が私のところにも送られて来ます。

寄せられたメールの数が、今回のシリーズ半ばで一二〇〇万通とは、気が遠くなりそうです。でもそれだけ、架空の桜中学に多くの方々が関心をもたれていると思うと、身もひきしまり、心構えを新たにさせられます。

「自分の学校でも『朝の読書』をやっています」

「私は社会人だけど、よいことだと思うので、朝一〇分早起きして読書を始めました」などというお便りがあり、また時に「金八の言っていることが古すぎる、こんなもので一時間はもったいない」という意見には、「だったら見るな!」という書き込みがあったりで、こまかいところまで観《み》てくださっているのだという実感が湧《わ》きます。

仲間になってくださって、また応援してくださって、本当にありがたく思います。

兼末健次郎という「冬空に舞う鳥」も、金八先生の暖かい懐《ふところ》にしっかり抱き取られるというラストにするつもりです。

「もっと光を!」といって亡くなった大文豪《ぶんごう》もいましたが、私もこの物語を通して「もっと光を」求め続けたいと思います。

今回も常に励ましてくださった高文研の梅田、金子の両氏に心からお礼を申し上げます。

二〇〇〇年二月三日　節分の日に

小山内美江子

3年B組 金八先生＝スタッフ・キャスト

◘スタッフ

原作・脚本 ―――― 小山内美江子
音楽 ―――― 城之内　ミサ
プロデューサー ―――― 柳井　満
演出 ―――― 福澤　克雄
鈴木　早苗
森　一弘
今井　夏木

主題歌「新しい人へ」：作詞・武田鉄矢／作曲・千葉和臣／編曲・原田末秋／唄・海援隊

制作著作 ―――― ＴＢＳ

◘キャスト

坂本　金八：武田　鉄矢
〃　乙女：星野　真里
〃　幸作：佐野　泰臣
和田校長：長谷川哲夫
国井美代子（教頭）：茅島　成美
乾　友彦（数学）：森田　順平
北　尚明（社会）：金田　明夫
遠藤　達也（理科）：山崎銀之丞
小田切　誠（英語）：深江　卓次
渡辺　花子（家庭）：小西　美帆
本田　知美（養護）：高畑　淳子
服部先生（フリースクール）：上條　恒彦

大西豊（元桜中校長）：織本　順吉
大森巡査：鈴木　正幸
道政　利行：山木　正義
〃　明子：大川　明子
田中センター長：堀内　正美
小椋　英子（主任）：原　日出子
高橋良雄（介護士）：山田アキラ
兼末麻美（健次郎の母）：田島令子
〃　栄三郎（〃の父）：秋野太作
〃　雄一郎（〃の兄）：須藤公一
〃　裕美（〃の姉）：小西真奈美

◘放送

ＴＢＳテレビ系　2000年1月6日――21時～22時54分
〃　1月13日、20日、2月3日、10日、17日――21時～21時54分

•高文研ホームページ・アドレス
http://www.koubunken.co.jp
•TBS・金八先生ホームページ・アドレス
http://www.tbs.co.jp/kinpachi

3年B組
金八先生 冬空に舞う鳥

◆2000年3月5日 ——————第1刷発行

著者／小山内美江子

カバー・本文写真／TBS提供
装丁／商業デザインセンター・松田礼一

発行所／株式会社 高文研
〒101-0064 東京都千代田区猿楽町2-1-8
☎ 03-3295-3415 Fax 03-3295-3417
振替 00160-6-18956

印刷・製本／三省堂印刷株式会社